무림오적 64

초판 1쇄 발행 2024년 3월 20일

지은이 ㅣ 백야
발행인 ㅣ 최원영
편집장 ㅣ 이호준
편집디자인 ㅣ 한방울
영업 ㅣ 김민원 조은걸

펴낸곳 ㅣ ㈜디앤씨미디어
등록 ㅣ 2002년 4월 25일 제20-260호
주소 ㅣ 서울시 구로구 디지털로 26길 111 JnK디지털타워 503호
전화 ㅣ 02-333-2513(대표)
팩시밀리 ㅣ 02-333-2514
E-mail ㅣ papy_dnc@dncmedia.co.kr
블로그 ㅣ blog.naver.com/gnpdl7

ISBN 978-89-267-2437-8 04810
ISBN 978-89-267-3458-2 (SET)

※ 저자와 협의하여 인지는 붙이지 않습니다.
※ 이 책은 ㈜디앤씨미디어(파피루스)가 저작권자와의 계약에 따라 발행한 것으로 본사와 저자의 허락 없이는 어떠한 형태나 수단으로도 내용을 이용할 수 없습니다.

백야 신무협 장편소설

PAPYRUS ORIENTAL FANTASY

64

무림오적

武林五賊

1장 주살령(誅殺令) 7

2장 백마방(百馬幇) 41

3장 죽을 때까지 침묵하겠다 77

4장 오랜만이다 113

5장 총각지교(總角之交) 149

6장 낙양(洛陽)의 사람들 185

7장 함정(陷穽) 211

8장 오룡상가(烏龍商家) 235

9장 제룡사(制龍寺) 259

10장 나다 285

1장.
주살령(誅殺令)

"봤지? 이게 월령일섬지의 정수(精髓)인 게다. 손을 들어 상대를 가리키고 내공을 격발시켜 지풍을 쏘아 내는 것까지가 한순간에 이뤄져야 한다. 시선과 호흡과 마음이 하나가 되어야 하는 거야. 알겠으면 한번 해 봐."

주살령(誅殺令)

1. 그런 말을 하기에는 아직 이르다!

'어, 어라? 이게 아닌데.'

산동팔빈의 일빈(一賓)인 천검산화 진창주는 당혹감을 금치 못했다.

당연한 일이었다. 놈들은 이미 군자산에 의해 중독이 되었고, 그래서 내공을 끌어올리는 즉시 그 모든 내공이 산산이 흩어지는 참담함을 느낄 수밖에 없는 상황이었다.

게다가 그의 동료들은 하나같이 지역의 맹주(盟主)였으며, 내공을 자유자재로 사용하는 상승의 고수들이었다. 그런 고수들을 예닐곱 명씩 투입한 기습 작전이었다. 그런데 어찌 성공하지 못할 수 있을까.

천검산화 진창주는 당연히 성공할 거라고 믿었고, 또 반드시 성공해야 했다. 하다못해 무림오적의 한 명인 화군악은 아니더라도 애송이 두 녀석만큼은 반드시 해치울 거라고 확신했다.

하지만 진창주의 확신은 틀렸다. 무림오적 화군악을 해치우기 위해 잠입한 동료들은 물론이고, 애송이들을 죽이려 침입했던 동료들 또한 몰살을 당한 것이다. 어찌 진창주가 당황하지 않을 수 있겠는가.

하지만 진창주는 노련하고, 경험이 많은 인물이었다.

그에게는 각자 개성이 강하고 무공이 뛰어난 일곱 동생을 한데 아우르는 능력이 있었다. 또한 편지 한 통으로, 전서구 한 마리로 이렇게 백여 명에 가까운 동료와 지인들을 불러 모을 힘이 있었다.

그건 오직 진창주가 강해서만 되는 게 아니었다. 타고난 지휘력과 좌중을 압도하는 위엄, 그리고 친화력, 거기에 타인의 도움을 절대 거절하지 않는 의기(義氣)와 오지랖, 그런 것들이 조화롭게 이뤄져야만 비로소 가능한 일이었다.

그런 노회함이 있었기에 진창주는 단 하나의 계획만 세우지 않았다. 비록 첫 번째 계획에 구 할 이상의 확신을 가지고는 있었지만, 그래도 혹시 모를 상황에 대비한 두 번째 계획도 이미 세운 터였다.

그리고 산동팔빈의 연락을 받고 급하게 달려왔던 세 명의 궁수(窮手)가 바로 그 두 번째 계획이었다.

하늘이 두려워할 정도의 빠른 화살을 쏜다고 알려진 경천섬궁(驚天閃弓) 공구탁(孔九卓), 벼락같은 화살 한 발로 세 명의 목숨을 빼앗는다는 뇌시삼혼(雷矢三魂) 주학래(周鶴來), 관통하지 못하는 게 없다는 쌍전필관(双箭必貫) 고시우(高矢羽)가 바로 그들이었다.

진창주는 그들 세 명을 미리 정원에 배치한 후, 행여나 첫 번째 암살자들이 실패할 경우 바로 화살을 쏘게 준비했다.

상황은 진창주와 궁수들의 편이었다. 주변은 아무것도 보이지 않는 어둠에 가려져 있었고 심지어 화살이 쏘아지는 소리마저 삼킬 정도의 폭우가 쏟아지고 있었으니까.

물론 궁수들은 오로지 화군악을 노릴 뿐, 당연히 두 명의 애송이들에게는 관심조차 두지 않았다. 애송이들이 암살자들을 이길 거라고는 그들은 물론 진창주 또한 전혀 생각하지 않았으니까.

그러나 믿을 수 없는 일이 연거푸 벌어졌다.

화군악은 그 어두운 공간 속에서, 그리고 억수같이 쏟아지는 폭우 속에서 궁수들의 화살을 쳐 내고, 그것도 모자라 태극문해의 수법과 허공섭물, 그리고 이화접목(移花接木)의 수법을 사용하여 쏘아진 화살을 궁수들에게 되돌려 보냈다.

그리고 어둠과 폭우를 뚫고 화살들이 되날아올 줄 몰랐던 궁수들은 결국 자신들이 쏜 화살에 자신들이 격중당해 목숨을 잃고 말았다.

거기에다가 당연히 죽은 줄 알았던 애송이들조차 창을 뚫고 벼락처럼 정원으로 날아든 것이었으니, 어찌 진창주가 놀라고 당황하지 않을 수 있었겠는가.

하지만 진창주는 자신의 감정을 숨길 줄도 알고, 실패를 교훈으로 삼을 줄도 아는 자였다.

그는 곧 동료들을 사방으로 흩어지게 한 후, 큰 소리로 웃으며 화군악을 희롱하였다. 그가 분노하여 이성을 잃고 흥분하도록 만들 심산이었다.

확실히 진창주의 계획은 성공했고, 상대는 흥분했다. 그게 비록 화군악이 아니라 아직 약관도 채 되지 않는 애송이였던 게 문제지만.

애송이는 생각보다 날카롭고 강렬한 지풍을 쏘아 냈다. 하기야 진창주가 보낸 암살자들을 해치울 정도이니, 그 실력이 평범하지 않은 게 당연한 일이었다.

그러나 그 지풍 한 수로 진창주를 해치울 수는 없었다. 이미 진창주는 단단히 준비하고 있었으며, 지력이 쏘아지는 순간 어깨를 들어 가볍게 피할 수 있었다.

하지만 그의 동료들은 그렇지 못했다. 화군악이 느닷없이 격발한 지풍에 섬서(陝西) 땅에서 온 섬서대호(陝西大虎)가 목숨을 잃었다.

심지어 그 일격은 진창주조차 보지 못했을 정도로 빠르고 날카로웠다. 진창주가 충격을 받고 입을 다문 건 바로 그 이유에서였다.

이변은 거기서 끝나지 않았다. 아니, 여기까지 와서는 이미 이변이 아니었다.

화군악은 곧바로 열 손가락을 뻗었다.

열 개의 손가락 끝자락에서 눈에 보이지 않을 정도로 빠른 지풍이 쏘아졌다.

섬서대호의 죽음으로 인해 단단히 대비하고 있던 동료들이 다급하게 몸을 피하려 했지만 아무런 소용이 없었다. 빛보다 빠른 지풍은 동료들의 이마를 정확하게 관통했다.

뒤이어 열 개의 빛줄기가, 날카로운 파공성이, 열 명의 입에서 동시에 터져 나온 신음과 비명이 이어졌다.

겨우 지풍 따위로 순식간에 열 명의 고수가 목숨을 잃게 되자, 진창주는 더 이상 웃을 수가 없었다. 유려하다 못해 지겨울 정도로 말이 많던 그의 입에는 자물쇠가 채워졌다. 그의 얼굴 근육이 푸들푸들 떨렸고 손발은 경련을 일으키고 있었다.

하지만 무림오적 중 한 명인 화군악은 전혀 놀랄 일이 아니라는 듯이, 너무나 당연하고 평범한 일이라는 듯이 고개를 돌려 그의 옆에 서 있던 애송이에게 빌어먹을 가르침을 내려 주고 있었다.

"봤지? 이게 월령일섬지의 정수(精髓)인 게다. 손을 들어 상대를 가리키고 내공을 격발시켜 지풍을 쏘아 내는 것까지가 한순간에 이뤄져야 한다. 시선과 호흡과 마음이 하나가 되어야 하는 거야. 알겠으면 한번 해 봐."

진창주는 눈을 동그랗게 뜬 채 화군악의 이야기를 듣다가 문득 월령일섬지라는 단어가 낯설지 않다는 것을 깨달았다.

그리고 그 월령일섬지가 공적십이마 중 한 명인 야래향의 독문절기(獨門絶技)라는 사실을 떠올린 순간, 다시 사방에서 짧은 목소리가 흘러나왔다.

"큭!"

"헉!"

그건 바로 약관도 안 된 애송이가 쏘아 댄 지풍에 격중을 당한 진창주의 동료들 입에서 터져 나온 비명과 신음이었다.

'이게…… 이게 무슨 일이냐?'

진창주는 노련하고 경험이 많으며 매사 머리 회전이 빠

르게 돌아가는 인물이었지만, 지금 상황에서만큼은 전혀 그렇지 못했다.

마치 얼이 빠진 것처럼 넋이 나간 것처럼 그는 멍하니 서서 동료들이 계속해서 죽어 나가는 광경을 지켜보고 있을 따름이었다.

보다 못한 삼빈 고무송이 크게 소리쳤다.

"다들 피하시오! 놈들의 지풍에 독(毒)이 실려 있소!"

그러자 살아남은 자들이 분노하여 소리쳤다.

"그럴 줄 알았다!"

"독이라니, 역시 사마외도(邪魔外道)의 개자식들다운 행동이구나!"

그때 화군악이 껄껄 웃으며 말했다.

"푸하하하! 그래! 이제야 알았느냐, 우리가 사마외도의 개자식들이라는 것을? 마찬가지로 군자산을 하독한 네놈들 또한 사마외도의 개자식들이렷다?"

일순 마구 소리치던 무림 고수들이 일제히 입을 다물었다. 화군악이 비웃음이 그들의 양심을 파고든 까닭이었다.

그때였다.

"네놈들을 죽일 수만 있다면 사마외도의 개자식이 되어도 좋다!"

어둠 속에서 누군가 크게 외치며 벼락처럼 날아들었다.

화군악이 피식 웃었다.

'바보다. 굳이 소리쳐서 제 기척을 스스로 드러내다니.'

확실히 화군악 앞으로 쏟아지는 살기는 앞서 발출했던 화살들과는 비교가 되지 않을 정도로 강렬했다.

하지만 미리 소리치며 달려들었기에 아쉽게도 그 맹렬한 살기는 반감이 되었고, 화군악은 생각보다 가볍게 검을 휘둘러 사내의 공격을 막아 낼 수가 있었다.

챙! 하는 소리가 이는 동시, 기습을 감행했던 사내의 빈손이 화군악의 검을 움켜쥐었다.

그 느닷없는 행동에 화군악이 움찔하는 순간, 사내는 검을 확 잡아당기는 한편 비수를 든 손으로 화군악의 목을 그었다. 그야말로 전혀 예상할 수 없는 불의(不意)의 일격이었다.

그러나 화군악은 당황하지 않았다. 그는 월령수타십이박의 수법을 펼치면서 상대의 비수 쥔 손목을 잡아 바깥쪽으로 비틀었다.

동시에 애검(愛劍) 군혼에 가공할 만한 내공을 주입하였다.

"아악!"

사내의 입에서 비명이 터져 나왔다.

비수를 쥔 손은 팔뚝부터 밖으로 꺾여 우두둑! 소리를 내며 부러졌고, 화군악의 검을 잡고 있던 손은 그 검에서

뿜어져 나오는 가공할 내력을 감당하지 못한 채 펑! 하며 폭발했다. 손바닥 피부가 갈기갈기 찢어지고, 살점이 투투툭! 사방으로 흩어졌다.

사내가 자랑하던 소수(素手)는 그 어떤 칼날 앞에서도 베이지 않고 버틸 수 있을 정도로 튼튼했지만, 화군악의 이 갑자에 가까운 내력까지는 감당하지 못했던 것이었다.

그게 끝이 아니었다.

화군악은 검을 움켜잡고 있던 사내의 손이 갈기갈기 찢겨 나가면서 자유를 되찾은 군혼을 일직선으로 내뻗으며 태극혜검의 초식 하나를 구사했다.

참을 수 없는 고통 속에서도 사내는 황급히 보법을 펼치며 피하려 했지만 소용없었다. 사내의 행동반경은 태극혜검의 현란하고도 자유분방한 검로(劍路) 안에 있었고, 결국 사내의 전신에 열두 개의 검선(劍線)이 그려지고 말았다.

"네놈……."

사내는 입을 벌렸다.

부글부글 게거품처럼 피거품이 흘러나왔다. 그의 전신에 새겨진 검선은 곧 혈선(血腺)으로 변했고, 그 혈선을 따라 핏물이 꾸역꾸역 밀려 나왔다.

하지만 사내는 두 눈을 부릅뜨고 화군악을 노려보면서 끝까지 말을 이어 나갔다.

"나, 한승의는 비록 하북칠의 형님들의 원한을 갚지 못하고 이렇게 죽지만…… 죽어서도 반드시 원귀(冤鬼)가 되어 네놈을 가만 놔두지 않을 것이다!"

분노와 원한이 가득 담긴 저주였다.

화군악은 피식 웃으며 말했다.

"내 앞에서 그렇게 말하고 죽은 이가 수백 명은 된다. 하지만 지금껏 단 한 번도 원귀를 만난 적이 없으니, 이 얼마나 안타까운 일이겠느냐?"

"노…… 옴!"

한승의, 하북칠의의 막내이자 소수비협이라는 별호를 지닌 사내는 원념의 불길에 휩싸여 붉게 물든 눈으로 화군악을 쏘아보며 덮쳐들려 했다.

하지만 그게 전부였다. 마치 쏟아지는 폭우에 불길이 진화된 듯 한승의는 앞으로 한 걸음 움직이는 것을 끝으로 그대로 앞으로 고꾸라졌다.

찰팍! 하는 소리와 함께 지면의 물이 사방으로 튀었다. 하북칠의의 마지막 생존자인 한승의는 그렇게 목숨을 잃었다.

그리고 이제 세상에는 하북칠의라 불릴 사람이 존재하지 않게 되었다.

그 한승의의 처참한 죽음이 동료들의 각성을 일깨운 것이었을까.

한승의가 앞으로 꼬꾸라진 순간까지 침묵하던 이들이 갑자기 분노의 함성을 내지르며 앞다퉈 화군악에게로 덤벼들었다. 그중에는 진창주를 포함한 산동팔빈도 있었다.

동시에 담호도 크게 소리치며 달려 나갔다.

"절반은 제가 맡겠습니다!"

화군악이 군혼을 휘두르며 소리쳤다.

"그런 말을 하기에는 아직 이르다!"

쏴아아아!

하늘에 구멍이 뚫린 듯 내리퍼붓는 폭우! 그 강렬한 빗줄기 속에서 두 명의 사내와 이십여 명의 무림 고수가 정면으로 부딪치는 순간이었다.

병장기 부딪치는 소리가 격한 폭우 속에서 산산이 아스러지고, 연달아 이어지는 함성과 비명과 신음은 어느새 발목까지 잠긴 수면 아래로 가라앉았다.

그야말로 한밤중, 폭우가 휘몰아치는 깊은 밤에 벌어진 혈전(血戰)이었다.

2. 세상에서 가장 강한 자

쏴아아!

어젯밤부터 퍼붓기 시작한 폭우는 아침이 되어서도 전

혀 그칠 기미가 없었다.

새벽이 갓 지난 이른 아침.

하루를 일찍 시작한 점소이들이 석등의 불을 끄기 위해 각 별채 정원을 돌아다니다가 중앙부에 있는 별채의 정원에 이르렀을 때, 점소이들은 수십 명의 무림인에게 가로막혀 그 안으로 들어갈 수가 없었다.

무림인들의 표정은 심각했고 눈에서는 살기가 번들거려서 점소이들은 아무 말도 하지 못한 채 서둘러 발길을 돌렸다. 물론 점소이들은 그 무림인들이 산동팔빈의 연락을 받고 밤새도록 달려온 동료와 지인들이라는 사실을 알 리 만무했다.

"조금 늦었을 뿐인데."
"이럴 줄 알았더라면 더 서둘러 달려왔어야 했다."

무림인들은 그렇게 자책하며 정원 쪽으로 시선을 돌렸다.

정원 안, 그곳에는 사오십 구의 시신이 아무렇게나 널브러져 있었다. 배수 시설이 좋지 않은 듯 이미 물바다가 된 정원은 그들이 흘린 피로 새빨갛게 변해 있었다.

대부분의 무림인이 우두커니 서서 지켜보는 가운데 몇몇 사람들이 아무렇게나 널브러져 있는 시신들을 가지런히 정리하고 있었다. 정원뿐만 아니라 별채에 쓰러져 있는 시신들까지 모두 운반하여 처마 안쪽에 일렬로 늘어놓았다.

"무산철부 도왕근."

 그중 육십 대 전후로 보이는 단단한 체구의 노인은 시신들의 얼굴을 하나씩 확인하면서 그 시신의 별호와 이름을 읊었다.

 "목뼈가 부러졌으나 손자국이 남아 있지 않다. 즉, 손을 대지 않은 상태에서 도 형제의 목뼈를 부러뜨렸다는 뜻인데……."

 광물질(鑛物質)의 눈빛을 지닌 노인은 침착한 표정으로 시신들의 사인(死因)을 확인하고 있었다.

 "소수비협 한승의."

 노인의 시선은 처참한 몰골의 시신에 멈춰졌다. 열두 개의 검흔이 얼굴과 전신에 새겨진, 조금만 더 깊게 파였더라면 아예 열두 조각으로 분리되었을 듯한 상처였다.

 "이건…… 열두 번을 휘두른 게 아니라 단 한 번 팔을 휘둘러 생긴 검흔이구나. 으음, 으음."

 노인의 표정은 심각해졌으나 그 눈빛은 더욱 강인하게 빛났다.

 쏴아아!

 쉬지 않고 퍼붓는 빗줄기가 노인의 몸에 내리꽂히는 순간, 그 빗줄기는 노인의 뜨거운 열기를 감당하지 못한 채 새하얀 수증기가 되었다.

 노인은 계속해서 자리를 옮기며 시신들을 살폈다. 놀라

운 일이었다. 노인은 그 사오십 구의 모든 시신과 친분이 있는 듯 그 별호와 이름을 모두 외우고 있었다.

심지어 얼굴이 갈라지거나 움푹 파여서 그 용모를 확인할 수 없는 시신의 경우에도 노인은 정확하게 그의 별호와 이름을 읊었다.

그렇게 한 구, 한 구의 시신을 확인하던 노인이 한순간 걸음을 멈추고 새로운 시신을 내려다보았다.

"이런…… 천검산화 진창주로구나."

노인은 저도 모르게 혀를 차며 중얼거렸다.

"미안하다. 내가 늦장을 부리는 바람에 네가 이 꼴이 되고 말았구나."

노인의 말에 주변 무림인들 모두 숙연한 표정이 되었다. 몇몇 이들은 비분강개(悲憤慷慨)하여 절로 하늘을 우러렀다.

쉬지 않고 퍼붓는 빗줄기가 그들의 얼굴 위로 눈물처럼 쏟아졌다. 어쩌면 이 폭우는 그 누구보다도 정의롭고 의기 넘치는 협객(俠客)들을 애도하는, 하늘의 눈물일지도 몰랐다.

천검산화 진창주의 시신 앞에 선 노인은 길게 한숨을 쉬며 중얼거렸다.

"뭐가 그리 급했누? 내가 오고 있었는데. 내가 온 다음에 일을 벌였더라면 이런 몰살은 없었을 텐데. 그 못된 망아지의 엉덩이 뿔 하나 정도는 간단하게 꺾을 수 있었는데, 왜 그걸 기다리지 못했느냐?"

노인은 지금껏 수십 구의 시신을 일일이 돌아보며 그 상흔을 살피고 확인했음에도 불구하고, 자신의 존재가 승패의 결과를 바꿀 수 있었다고 확신하는 듯 보였다.

"게다가 아직도 자네의 그 의기와 협의를 높이 산 동도들이 이렇게 이곳에 모였고, 또 계속해서 모여들고 있지 않느냐? 사오십 명으로는 불가능했던 일이라면 백 명, 이백 명이라면 충분히 가능하지 않았겠느냐?"

노인의 말에 주변 무림 고수들은 다들 침음하며 고개를 끄덕였다.

지금 시신이 되어 누워 있는 무림 고수들은 진창주의 연락에 빠르게 반응할 수 있었던, 정주 인근 지역의 고수들이었다.

하지만 그보다 더 먼 곳의, 가령 호광이라든가 특히 호광성의 남쪽 호남이라든가, 섬서라든가 사천이라든가 광동이라든가 하는 곳에 있는 이들은 심지어 아직도 이곳을 향해 달려오고 있는 중이었다.

"진 형제, 자네의 유이(有二)한 단점 중 하나가 쓸데없이 말을 즐긴다는 것이고, 또 다른 단점이 바로 성격이 급하다는 것이지."

노인의 말에 누군가 탄식하듯 헛웃음을 흘렸다. 그가

말한 진창주의 단점은 이곳에 있는 이들 중 모르는 이가 없었다.

"그래서 내가 누누이 충고하지 않았던가? 한 번 움직일 거 세 번 고려한 다음, 그리고서도 다시 한번 신중하게 생각한 후에 움직이라고 말일세."

그렇게 말을 마친 노인은 다시 길게 한숨을 내쉬며 고개를 설레설레 흔들었다.

아무리 안타까워해도 소용이 없었다. 이미 진창주는 죽었고 죽은 사람은 결코 노인의 넋두리를 들을 수가 없었으니까. 미련은 빠르게 거둬들일수록 좋았다.

노인은 다시 진창주의 시신을 내려다보았다. 아직도 그의 손에는 자루만 남은 검이 쥐어져 있었다. 도대체 검신(劍身)은 어디로 간 것일까.

"진 형제의 검은 누구나 탐내는 명검이지. 나도 한 번 손을 댄 적이 있었는데, 바위는 물론 철을 가를 정도로 날카롭고 맹렬한 검날이더군."

노인은 천천히 몸을 일으키며 말했다.

"그런데 그 검이 산산이 바스러졌네. 그건 상대방의 검이 진 형제의 그것보다 훨씬 더 뛰어난 검인 동시에, 상대방의 내력이 진 형제의 그것보다 몇 배는 고강하다는 걸 의미하는 것이지. 게다가 무엇보다······."

노인은 힐끗 진창주의 시신을 내려다보며 말을 이었다.

"저 가슴팍에 난 커다란 구멍은 장력(掌力)이나 강기(罡氣)가 아닌, 오로지 검의 위력으로만 만들어진 구멍인 것이야. 이렇게 말하는 나조차도 쉽게 믿기지 않지만 말이지."

노인의 말에 주변 무림인들이 움찔거렸다. 무림인들 모두 강호의 고수들인 만큼 지금 노인이 하는 이야기가 얼마나 말이 안 되는 소리인지 알 수 있었다.

검에 관통되면 검이 드나들 수 있을 정도의 구멍만이 남는다. 검기에 당한 거라면 몽둥이 하나가 들락날락할 정도의 구멍이 생긴다.

그런데 주먹 두 개가 드나들 정도의 구멍이 검에 의해 생긴 것이라면 그것은 검강(劍罡), 그것도 회선강기(廻旋罡氣)를 이용한 일 갑자 이상의 내력이 소모된 검강이 아니고서는 절대 만들어질 수 없는 흔적이었다.

세상에! 일 갑자 이상의 내력이라니! 그 일 갑자 이상의 내력으로 펼친 검강이라니!

주변 무림 고수들이 놀라는 것도 무리가 아니었다. 아무리 강호가 넓고 기인이사(奇人異士)들이 모래알처럼 많다 한들, 도대체 일 갑자 이상의 내력으로 검강을 펼칠 만한 고수가 과연 몇이나 될까.

하지만 그들이 아는 이 노인은 절대 헛소리를 할 위인이 아니었다. 아니, 세상 그 누구보다도 정확하게 상대방의 내력과 무위를 판단할 수 있는 인물이 바로 이 노인이었다.

단단한 근육질의 체구와 쇠를 뚫을 것만 같은 안광을 소유하고 있는 이 노인은 열다섯 어린 나이로 강호에 출도한 후 지금껏 오천 회에 가까운 싸움을 벌였고, 이만 명이 넘는 자들을 상대로 승리를 거머쥔 고인(高人)이었다.

그는 지금껏 만났던 모든 무림인을 똑똑히 기억하고 있으며, 그들의 별호나 이름은 물론 무공이나 무기, 심지어 습관과 버릇까지 모두 꿰뚫고 있었다.

세상 사람들은 그 모든 전력(前歷)을 추앙하여 그에게 전왕(戰王)이라는 별호를 선사했으니, 바로 이 노인이야말로 무림십왕 중 한 명인 전왕 한백남(韓佰男)이었다.

십팔반무기(十八班武器)로 이야기되는 모든 무기를 다룰 줄 알고, 내공(內功)과 외공(外功)의 조화가 완벽하고, 오천여 번의 전투로 다져진 경험과 관록은 상대방의 허점을 빠르게 찾아내며, 위기 상황을 어떻게 넘겨야 하는지 정확하게 판단하게 해 주었다.

그래서 사람들은 전왕 한백남을 가리켜 무림십왕 중 첫째라고 하거나 혹은 '세상에서 가장 강한 자'라고도 불렀다.

물론 전왕 한백남은 그런 소리를 들을 때마다 고개를 저었다.

-나는 검을 쥐었을 때 검왕보다 못하고 활을 쥐었을 때는 궁왕보다 뒤떨어지지. 그들의 무력이 십(十)이라 하면 나는 겨우 팔(八), 많이 쳐줘야 구(九)에 불과하네. 그런 내가 어찌 무림십왕의 첫째라고 할 수 있겠나?

 하지만 그건 전왕 한백남의 겸손이자 겸양이었다.
 아무리 한 과목에 특출한 점수를 올린다고 한들 모든 과목의 종합 점수가 제일 높은 자보다 성적이 뛰어날 수 없듯이, 전왕 한백남의 종합적인 무력(武力)은 타 무림십왕의 그 누구보다도 뛰어난 것이었다.
 천검산화 진창주의 사인을 확인한 전왕 한백남은 주위 동료들을 둘러보며 천천히 입을 열었다.
 "무림오적 화군악이라는 자는 정말 강하네."
 무림 고수들은 불길처럼 타오르는 눈빛을 침착한 표정 속에 가두며 그의 이야기에 집중했다.
 "어쩌면 나와, 아니 나보다도 강할지도 모르네. 우선 그 내공이 도대체 어느 정도의 경지에 이르렀는지 확인하지 못했으니까 말일세. 일 갑자를 넘어 이 갑자에 올랐는지, 아니면 삼 갑자에 이르렀는지 말이네."
 한백남의 말에 문득 무림 고수 중 한 명이 도저히 불가능한 일이라는 듯 반론했다.
 "그건 아니라고 봅니다. 사람의 몸으로 어찌 삼 갑자의 내공을 쌓을 수 있겠습니까?"

한백남이 빙긋 웃으며 되물었다.

"소림신승(少林神僧) 중 삼 갑자의 내공을 쌓으신 신승이 있다면 어찌하겠나?"

일순 반론을 펼친 고수는 이내 꿀 먹은 벙어리가 되었다. 한백남은 고개를 끄덕이며 말을 이었다.

"비록 삼 갑자의 내공이 백팔십 년 동안 공력을 쌓아야 오를 수 있는 경지라고는 하지만, 그렇다고 해서 꼭 불가능한 건 아니네. 비록 전설이기는 하지만 과거 마야(摩爺) 백마린 같은 이는 무려 사 갑자 이상의 내공을 쌓았다고 하지 않는가? 뭐, 그 무시무시한 내공의 소유자도 결국에는 혜우성승에게 패하기는 했지만 말이지."

한백남의 입에서 신화(神話)에 가까운 수백 년 전 이야기가 흘러나오자 무림 고수들은 더 이상 반론하지 않았다. 한백남은 일일이 그들을 둘러본 후 다시 말을 이었다.

"또 하나, 화군악에는 녹록하지 않은 조력자가 있네. 아직 그 수법이 능숙하고 완벽하지는 않으나, 꽤 깊이 있는 공부를 한 것 같더군. 진 형제의 서찰에 보면 화군악의 일행 중 늙은이 하나와 젊은 애송이 둘이 있다고 했는데, 아마 그 애송이 중 한 명이 아닐까 싶네."

한백남은 잠시 생각을 정리한 다음 계속해서 말했다.

"하지만 어리다고 얕잡아 봤다가는 저들처럼 속수무책으로 당할 수 있네."

무림 고수들은 한백남이 가리킨 방향으로 시선을 돌렸다.

일렬로 누운 시신들 중 한백남의 지시에 따라 한쪽으로 따로 모아 둔 이십여 구의 시신.

당시만 하더라도 왜 한백남이 그런 엉뚱한 지시를 내렸는지 이해할 수 없었지만 이제야 비로소 확실히 알 수 있었다.

오십여 구가 넘는 시신 중 저 이십여 구의 시신이 바로 그 젊은 애송이라는 자의 손에 죽은 자들이라는 사실을.

그 시신들의 면면을 확인한 무림 고수들의 입이 떡 벌어졌다.

애송이에게 당했다는 시신들 모두 각 지역의 패자로 군림하는 고수들이었던 것이었다. 지금 이 자리에 모인 무림 고수들과 비교해도 그리 뒤떨어지지 않는, 그야말로 강호 무림에서 내로라하는 자들이었다.

"그러니 단단히 마음먹고 단단히 채비하게. 어지간한 결의로는 놈들을 죽일 수 없으니 말이야. 지금이라도 물러나겠다면 내 아무 말도 하지 않을 것이네."

전왕 한백남은 냉정한 목소리로 말했다.

그러자 무림 고수들이 다들 앞다퉈 소리쳤다.

"어찌 지인들의 죽음을 앞에 두고 물러날 수 있겠소이까?"

"우리가 물러난다면 누가 이들의 복수를 할 수 있겠습니까! 말씀을 거둬 주십시오!"

무림 고수들의 웅혼(雄魂)이 담긴 외침에 전왕 한백남은 고개를 끄덕이며 말했다.

"그렇다면 말일세."

일순 그의 눈빛이 강철처럼 단단하게 빛났다. 또한 그의 입에서 흘러나오는 목소리도 강철처럼 단단하고 강인했다.

"나를 아는 모든 벗과 나와 뜻을 같이하는 모든 동도에게 연락을 취하게. 화군악과 그 일행에 대해, 나 전왕 한백남의 이름으로 주살령(誅殺令)을 내렸다는 사실을!"

무림 고수들이 일제히 소리쳤다.

"전왕의 명을 받겠소! 주살령에 따라 반드시 놈들의 목을 베겠소이다!"

"전왕의 명에 따르겠습니다! 명에 따라 강호 무림의 모든 동도에게 주살령을 알리겠습니다!"

그들이 외치는 소리는 쉴 새 없이 쏟아지는 폭우를 뚫고 저 구멍 뚫린 하늘 높이 솟구쳐 올라가, 이내 커다란 메아리가 되어 사방으로 울려 퍼졌다.

쏴아아아!

시간이 흐를수록 빗줄기는 더욱더 맹렬해졌다.

계절이 바뀔 때마다 한바탕 내리는 빗줄기치고는 너무나도 격렬하고 심지어 포악(暴惡)하기까지 한 빗줄기였다.

3. 정주의 지배자

쏴아아아!

격렬하게 퍼붓는 빗줄기 속에서 거친 숨소리 하나가 학학, 울려 퍼졌다.

담호였다.

그의 어깨는 크게 들썩였고, 검을 쥔 손은 부들부들 경련을 일으키고 있었다.

사실 시간적으로만 놓고 보자면 겨우 일각 언저리에 불과한 전투였다. 하지만 담호는 그 짧은 시간 동안 수백 번이나 검을 휘둘렀고 보법을 밟았으며 지풍과 장력을 휘둘렀다.

그 치열했던 전투의 흔적이 바로 그의 가쁜 숨과 들썩거리는 가슴이었다.

하지만 놀랍게도 담호의 곁에 우뚝 서 있던 화군악은 여전히 평온했고 호흡 한 점 변함이 없었으며, 자세는 전혀 흐트러짐이 없었다.

만약 뒷짐이라도 지고 있었다면 아마 폭우가 쏟아지는

정원을 산책하는 모습처럼 보였을 것이었다.

그러나 화군악의 발아래는 조금 전에 끝난 치열했던 전투를 말해 주듯 수십 구의 시신이 쓰러져 있었으며, 그들이 흘린 피와 빗물이 한데 뒤섞여 혈하(血河)를 이루고 있었다.

무심한 눈길로 잠시 그 처참한 광경을 둘러보던 화군악은 문득 빙긋 미소를 지으며 담호의 어깨를 두드렸다.

"많이 컸구나, 너."

담호는 거친 숨을 몰아쉬며 화군악을 돌아보았다.

화군악이 계속해서 말을 이었다.

"이렇게 제대로 잘 싸울 줄은 미처 몰랐다. 앞으로 내 뒤에 숨는 게 아니라 어깨를 나란히 하고, 혹은 등을 맞대고 함께 싸워도 좋다."

담호의 눈빛이 떨렸다.

그것은 긴장과 불안과 초조가 아닌 기쁨과 환희와 자부심으로 가득 찬 떨림이었다.

어깨를 나란히 하고, 등을 맞대고 싸우라니. 드디어 화군악에게로부터 한 사람의 동등한 동료임을 인정받은 것이었다.

그리고 그간 자신의 노력과 공부와 수련 또한 동시에 인정을 받은 셈이었다.

"감사합니다, 화 숙부."

담호는 진심으로 고마워하며 고개를 숙였다. 그런 담호의 머리 위로 화군악의 짓궂은 목소리가 내려앉았다.
"하지만 내가 이긴 거다. 확실히 내가 죽인 녀석들이 더 많았으니까."
"네, 화 숙부."
　담호는 고개를 들며 환하게 웃었다.
"하지만 다음에는 제가 이길 겁니다."
"아서라. 그러기에는 아직 백 년은 이르다."
　화군악은 가볍게 손을 젓더니 곧 몸을 돌려 만해거사를 바라보며 입을 열었다.
"지배인이나 점소이들은 어찌할까요?"
　이 거대한 객잔의 지배인과 점소이 모두 놈들과 한패였다. 어쨌거나 음식에 산공독을 탄다는 건 그들의 협력이 없으면 있을 수가 없는 일이었으니까.
　만해거사는 가볍게 눈살을 찌푸리며 말했다.
"어찌하기는. 그냥 놔둬야지. 그런 거 하나하나 따지면서 모든 죄를 묻다 보면 이 세상에 살아남을 사람 하나 없게 될 테니까."
"그럴까요? 참, 만해 사부는 인정이 넘치신다니까."
　화군악은 어깨를 으쓱하고는 다시 말을 이었다.
"그럼 바로 출발하죠. 이 소동을 들은 지배인이 다시 새로운 패거리들에게 연락을 취할지도 모르니까 말이죠."

두렵거나 무서운 건 절대 아니었다. 단지 귀찮을 뿐이었다. 만해거사의 말마따나 예서 머뭇거리다가는 괜히 쓸데없는 살생(殺生)만 더할 따름이었다.

"그럼 얼른 짐을 챙기세."

만해거사는 자신의 뒤에 숨어 있듯 서 있던 소자양을 이끌고 별채로 되돌아갔다. 소자양은 만해거사에게 끌려가는 와중에도 여전히 입을 떡 벌린 채 화군악과 담호를 번갈아 바라보았다.

화군악도 짐을 챙기려 발길을 돌리려다가 문득 무슨 생각이 들었는지 폭우가 쏟아지는 밤하늘을 올려다보았다.

그의 얼굴이 살짝 찌푸려졌다. 이 폭우 속에서 먼길을 떠난다는 게 꽤 귀찮아진 것이었다.

잠시 그렇게 밤하늘을 올려다보던 화군악의 눈빛이 한순간 환하게 빛났다.

"그렇군."

그는 이내 어깨를 으쓱거린 후 서둘러 별채로 향하며 소리쳤다.

"만해 사부!"

별채 안쪽에서 만해거사의 목소리가 들려왔다.

"어서 와서 짐이나 챙기지 밖에서 부르기는 왜 불러?"

"그게…… 잠시 쉬었다 갈 만한 곳이 생각나서요."

화군악은 싱글벙글 웃으며 별채로 들어섰다.

* * *

 정주는 대륙 전체를 통틀어 열 손가락 안에 드는 거대한 도읍이었다.
 그리고 정주는 거대한 도읍답게 상주하는 인구는 물론, 오가는 여객(旅客)과 장사꾼들이 하루에도 수천수만이나 되었다.
 사람이 많으면 당연히 돈이 따르게 마련이었고, 돈이 많으면 그 돈에 욕심을 부리는 자들이 생기는 게 당연한 법칙이었다.
 그리하여 정주 일대에는 약 이십여 개의 크고 작은 하오문과 흑도 방파가 생겼는데, 그 모든 하오문과 흑도 방파를 아우르고 그 위에 군림하는 방파가 있었으니 바로 백마방(百馬幇)이 그곳이었다.
 그렇게 정주 모든 흑도 방파 위에 군림하고 있던 백마방이었으나, 수년 전에는 오로지 한 사내에 의해 괴멸당할 뻔한 적도 있었다.
 심지어 방주(幇主)인 흉마(凶馬)는 그 청년에게 심각한 부상을 입고 일패도지(一敗塗地), 목숨까지 잃을 뻔하기도 했다.
 그 틈을 타서 평소 백마방에게 상납하며 세력을 보존하

던 방파들이 일제히 궐기했다.

 상대는 전력의 절반 이상이 사라진 백마방이었고, 이쪽은 이십여 방파의 연합 세력이었다.

 그들은 당연히 파괴적인 승리를 거머쥘 거라고 자신만만했지만, 의외로 흉마의 지략(智略)과 간계(奸計)에 휘말린 끝에 자중지란(自中之亂)을 겪다가 결국 패퇴하고 말았다.

 그런 굴곡(屈曲)의 역사 속에서 아직도 백마방은 이곳 정주 뒷골목의 패자로 군림하고 있었으며, 이제 부상에서 완벽하게 회복한 흉마는 어둠의 지배자로 더욱 그 명성을 날리고 있었다.

 쾅쾅쾅쾅!

 멀리서 문을 두드리는 듯한 소리가 들렸다.

 흉마는 힘겹게 눈을 떴다. 겨우 잠들었다가 깨어난 그의 안색은 좋지 않았고, 심지어 눈가에는 살기까지 스며들었다.

 안 그래도 이제 색욕(色慾)이 절정에 달한 마누라 때문에 한밤중까지 지독한 정사를 나눈 후 겨우 잠들 수가 있었다. 그런데 불과 한 시진도 채 되지 않아서 이렇게 깨어나고 말았으니 심기가 편할 리가 없었다.

 쏴아아!

 빗줄기 퍼붓는 격렬한 소리가 지붕과 처마, 정원 위로

쏟아지고 있었다. 그런데도 쾅쾅거리는 소음은 그 격렬한 빗줄기를 뚫고 흉마의 귓전에까지 들려왔다.

"으음."

곁에서 잠들어 있던 마누라가 몸을 뒤척이며 늘씬한 팔을 뻗었다.

흉마는 황급히 몸을 움직여 그 손길을 피했다. 자칫 그녀가 깨어나기라도 한다면 그 지독한 색정이 가라앉을 때까지 식은땀까지 흘리며 봉사해야 할 게 분명했다.

"도대체 어느 개자식이 이 한밤중에 저리 문을 두드리는 거야? 우리 마누라가 깨면 어떻게 하려고."

흉마는 서둘러 옷을 걸치며 방을 나섰다.

그가 복도를 따라 대청에 이르렀을 때, 그 쾅쾅거리던 소리는 더 이상 들려오지 않았다. 아무래도 그의 수하들, 백마방의 정예 무사들이 문을 두드리던 작자를 쫓아내거나 죽여서 소란을 잠재운 게 분명했다.

"젠장."

흉마는 투덜거리며 몸을 돌렸다.

그가 다시 방으로 돌아가기 위해 발걸음을 떼려는 순간, 삐거덕하며 대청의 문이 열렸다. 당연히 보고를 하기 위해 달려온 총관이라는 생각에 흉마는 돌아보지도 않은 채 인상을 찌푸리며 물었다.

"어떤 개자식이었더냐?"

대답이 들려왔다.

"개자식? 허어. 못 보는 동안 많이 컸네, 흉마. 감히 나를 개자식이라고 부르다니 말이야."

일순 흉마가 얼어붙었다.

그 목소리가 총관의 것이 아니라는 걸 직감한 순간 그의 등골에는 식은땀이 흘렀다.

동시에 흉마는 그 목소리가 왠지 귀에 익다고 생각했다.

기껏해야 이십 대 후반에서 삼십 대 초반 정도의 젊은 목소리였지만, 흉마를 향해 당당하게 말하는 저 자신감이 넘치는 목소리와 거리낌 없이 하대하는 말투는 확실히 흉마가 두 번 다시 만나고 싶지 않던 그자의 목소리와 비슷했다.

"서, 설마……."

흉마는 이마에 흥건하게 땀을 흘리며 천천히 몸을 돌렸다.

문이 열린 대청 입구. 그곳에는 한 명의 노인과 세 명의 젊은 사내가 서 있었다.

그중 맨 앞에서 활짝 미소를 지은 채 자신을 바라보고 있는 사내. 그 사내의 얼굴을 확인한 순간, 흉마의 얼굴은 처참할 정도로 일그러지고 말았다.

사내, 화군악은 흉마를 보고는 반갑다는 듯 활짝 웃으며 물었다.

"그래, 홍아(虹兒)는 잘 지내고?"

"아아!"

 정주의 밤거리를 지배하는 절대적인 지배자 흉마가 그 자리에 무너지듯 쓰러졌다.

※ ※ ※

 한때 종리군의 암습과 독공으로 인해 내공을 모두 잃었던 화군악이 북해빙궁의 도움을 받아 다시 내공을 회복한 건 거의 십 년 전 일이었다.

 당시 화군악은 북해빙궁에서 대륙으로 돌아오던 길에 이곳 정주에 들렀다가, 우연찮게 백마방 무리와 시비를 겪게 되고 결국 백마방을 파괴하고 흉마에게 중상을 입혔다.

 그 와중에 이 흉마라는 작자가 종리군의 열두 하수인 중의 한 명이라는 사실을 알게 된 건 의외의 소득이기도 했다.

※ ※ ※

"회주와 연락이 끊어진 건 아주 오래전의 일입니다. 그러니까 화…… 화 공자께서 이곳을 다녀가신 후 몇 달 지나지 않아서부터입니다."

 흉마는 그 흉포한 인상과 장대한 체격과 악랄한 성격과

는 전혀 어울리지 않는, 아주 공손한 태도로 이야기하고 있었다.

대청의 커다란 탁자에는 흉마와 화군악, 그리고 한 명의 노인과 두 명의 젊은이가 앉아 있었는데, 흉마는 그 누구와도 시선을 마주치지 못하고 고개를 숙인 채 말을 이어 나갔다.

"그러니까, 금해가의 손녀인 초운혜와의 정혼식이 있던 그 무렵, 갑자기 회주가 죽었다는 소문이 강호에 떠돌았습니다. 그 소문을 들은 순간 바로 화 공자가 떠올랐고, 이후 두 번 다시 회의에는 참석하지 않았습니다. 물론 회의가 개최되었다는 소식도 들은 적이 없습니다."

"흠, 그랬구나."

화군악은 고개를 끄덕였다.

흉마의 이야기를 종합해 보면 종리군은 흉마를 비롯한 열두 하수인을 버린 게 분명했다.

어쩌면 당연한 일인지도 몰랐다.

이미 더 높은 곳을 지향하고 있었고, 더 높은 자리를 원하게 된 종리군에게 흉마와 같은 이들은 외려 무겁고 하등 쓸모없는 짐에 불과했을 것이다.

2장.
백마방(百馬幇)

흑방(黑幫)이라고 불렀다.
백방(白幫)도 청방(靑幫)도, 황방(黃幫)도 아닌,
어두컴컴하고 음울하기 그지없는 흑방이라고 불렀다.
성시와 도읍의 뒷골목에 자리한 모든 문회 방파를 싸잡아서,
강호 무림인들은 그렇게 조롱하듯 비아냥거리듯 흑방이라고 불렀다.

백마방(百馬幫)

1. 흉마(凶馬) 마황태(馬黃泰)

'생각해 보면 말이지. 무림에서 가장 끈질기게 오래 버티고 살아남는 사람들은 바로 이런 친구들이 아닐까 싶어. 체면이나 괜한 오지랖 때문에 목숨을 버릴 담력도 안 되고, 또 살기 위해서는 무슨 짓이라도 다 하는 자들이니까.'

잠시 생각하던 화군악은 만면에 미소를 머금으며 입을 열었다.

"보아하니 예전보다 더 커진 것 같더라고, 백마방이."

"아이구. 과찬이십니다."

흉마는 황급히 고개를 조아렸다.

"아니, 진심으로 하는 말이야. 입구를 지키던 무사들이나 우리가 이곳까지 오는 걸 막으려고 덤벼들었던 방도들의 무공이 예전에 비해서는 상당히 강해졌더라고."

"서, 설마…… 모두 죽이셨습니까?"

"설마."

화군악은 유쾌하게 웃으며 말했다.

"어찌 내 벗의 수하들을 함부로 죽일 수 있겠어? 다들 기절시키거나 혹은 팔다리 하나 정도 부러뜨렸을 뿐이야."

흉마는 내심 한도의 한숨을 내쉬며 재차 고개를 숙였다.

"손속에 정을 두신 점 진심으로 감사드립니다."

"하하, 정말 남 대하듯 말하네. 그래도 예전에는 상당히 오만하고 광오하며 나름대로의 결기도 있었던 것 같았는데 말이지."

"그게……."

흉마는 머리를 긁적이며 말했다.

"자식이 생기고 가족이 생기다 보니…… 아무래도 조금 변한 모양입니다."

"오오? 자식이 생겼어? 아들이야?"

"네, 그렇습니다. 다행스럽게도 마누라를 닮아서 아주 잘생겼습니다. 이제 겨우 여섯 살인데, 녀석을 가르치는 사부들로부터 제법 총명하다는 소리를 듣는답니다."

자식 이야기에는 세상 모든 아버지가 팔불출(八不出)이 되는 것일까.

사람 죽이는 걸 파리 목숨처럼 가벼이 여기던 흉마가 저리 순박한 미소를 지으면서 이야기할 수도 있다는 사실을, 화군악은 오늘에서야 비로소 알 수 있었다.

"여섯 살이라……."

화군악은 지그시 눈을 감았다.

"참 세월 빠르구나. 자네와 만나서 투덕거리던 게 엊그제 일 같은데 말이지."

"네. 참 세월 빠르더군요. 저도 그때 기억이 아직도 생생합니다."

흉마 또한 감회가 새롭다는 표정을 지을 때였다.

"여보……."

복도 저편에서 젊은 여인의 목소리가 들렸다. 흉마가 움찔거리는 사이, 복도를 따라 대청으로 한 여인이 걸어왔다.

"아니, 잠은 안 주무시고 여기서 뭐……."

여인은 흉마에게 말을 하다가 뒤늦게 화군악 일행을 보고는 황급히 옷매무시를 가다듬었다. 잠옷 사이를 비집고 나온 커다란 젖가슴과 허벅지가 이내 시야에서 사라졌다.

흥마는 헛기침을 하며 입을 열었다.
"아, 예전에 알고 지내던 공자께서 찾아오셔서 잠시 이야기 나누는 참이네. 임자는 들어가서 잠이나 자게."
그러나 여인은 눈빛을 반짝이며 말했다.
"아, 그 회주라는 분이신가요? 당신에게 이 백마방이라는 기반을 닦게 해 주신……."
흥마의 안색이 급변했다.
"아니, 그분이 아니라……."
그때 화군악이 자리에서 일어나며 여인에게 두 손을 모아 인사했다.
"인사가 늦었습니다. 과거 방주께 은혜를 입고 인연을 맺게 된 화 모(某)라고 합니다. 이렇게 방모(幇母)를 뵙게 되어 영광입니다."
그의 우아하고 예의 바르며 절도 있는 인사에 여인은 살짝 허둥거렸다.
사실 백마방은 뒷골목 불량배들의 문파, 욕설과 주먹다툼으로 인사를 대신하던 무리 속에서 지내던 그녀가 언제 이렇게 예법에 충실한 인사를 받아 본 적이 있겠는가.
"아…… 그러니까, 아, 반가워요. 저는 이이의 아내, 빈(賓)…… 빈 부인이라고 해요."
여인은 허둥지둥 인사했다.

화군악은 내심 쓴웃음을 흘렸다. 지금 그녀의 인사는 전혀 예법에 어울리지 않았다. 무엇보다 아내는 남편의 성씨를 따라서 불리는데, 이 여인은 자신을 스스로 빈 부인이라고 부르고 있었다.

'아니지. 그리고 보니까 아직 이 흉마의 성씨조차 모르고 있었구나.'

화군악은 그렇게 생각하며 입을 열었다.

"마침 방주께서 하루 이틀 정도 이곳에 묵으라고 하시는데, 빈 부인께 결례가 되지는 않을까 모르겠습니다."

'아니, 내가 언제?'

흉마의 두 눈이 휘둥그레졌다.

"괜찮아요."

여인은 활짝 웃으며 말했다.

"이이나 저나 사람 사귀는 걸 좋아하거든요. 게다가 화 공자 같은 미남이라면 얼마든지 환영해요."

여인이 몸을 비비 꼬며 말하자 흉마의 눈빛이 독기를 머금었다.

'이 마누라가 진짜…… 어디에서 꼬리를 흔들고 지랄이야?'

성질 같아서는 한 소리 하고 싶었지만 어디까지나 화군악 앞이었다. 흉마는 너털웃음을 흘리며 말했다.

"이제 임자는 들어가 보게. 나는 화 공자와 아직 나눠야 할 밀담(密談)이 있으니."

그는 일부러 '밀담'이라는 말에 힘을 주었다.

여인은 고개를 끄덕인 후 화군악과 몇 마디 인사를 나눈 후 다시 몸을 돌렸다. 그녀의 커다란 둔부가 요리조리 살랑거리는 모습이 복도 안쪽으로 사라질 때까지, 소자양과 담호의 시선이 게서 떠나지를 못했다.

담호는 뒤늦게 퍼뜩 정신을 차리며 자책했다.

'아아, 동정을 떼고 난 이후로 더 그쪽으로만 시선이 쏠리는 것 같다. 아무리 그렇다고 해도 때와 장소를 가릴 줄 알아야 하는데.'

만약 흉마라는, 저 거칠고 흉악하게 생긴 흉마가 자신의 마누라 엉덩이를 그토록 뚫어지게 쳐다본 걸 알게 된다면 과연 담호를 용서할까. 아니, 지금의 이 순탄한 대화가 계속 이어질 수 있을까.

담호가 그런 생각으로 고민하고 있을 때, 정작 흉마는 화군악과 다시 대화를 나눴다.

"그런데 이 한밤중에 웬일이십니까? 설마 길 가다가 우연히 제 생각이 나서 들르신 건 아닐 테고."

"아, 맞아. 우연히 자네 생각이 나서 들렀어."

화군악이 웃으며 말했다.

"하지만 누구도 우리가 이곳에 들른 걸 알지 못했으면 싶거든. 조금 귀찮은 일이 벌어질 수 있으니까. 자네나

나나 모두에게 말이지."

 흉마는 생긴 외모와는 달리 상당히 눈치가 빨랐다. 어쨌든 한때 종리군으로부터 지목받아서 열두 하수인 중의 한 명이 되었던 자였으니 최소한 그 정도의 능력은 갖춘 자였다.

 "알겠습니다. 수하들은 물론 마누라 입도 단단히 봉해두겠습니다."

 "그럼 고맙고. 아, 그리고 아까 자네의 부인…… 빈 부인이라고 하던데, 자네 성씨가 빈이었나?"

 흉마가 눈살을 찌푸리며 말했다.

 "설마요. 아닙니다. 아, 그리고 보니 아직 제 이름도 제대로 말씀드린 적이 없었군요. 제 성은 마씨(馬氏)이고, 이름은 황태(黃泰)라고 합니다."

 "마씨라……. 아, 그래서 자네 별명이 흉마(凶馬)이고, 자네 방파가 백마방(百馬幇)이었군그래. 마장도 아니면서 말이지."

 "네. 백 명의 마황태가 있는 방파라는 의미에서 그리 지었습니다."

 흉마 마황태가 멋쩍은 미소를 짓자, 화군악은 부럽게 웃으며 말했다.

 "그럼 이틀 정도, 비가 그칠 때까지 좀 쉬었다 가겠네."

 "아, 네. 바로 방을 내드리겠습니다. 위층에는 빈방이 많으니까요."

흥마 마황태가 서둘러 자리에서 일어날 때, 화군악이 깜빡 잊고 있었다는 듯한 표정을 지으며 물었다.

"아, 그러니까 조금 전에도 물어는 보았는데…… 그래, 홍아는 잘 지내나? 이제 자네가 그녀의 오라버니라는 걸 알게는 되었나?"

"그게…… 네."

마황태는 머뭇거리다가 나지막하게 말했다.

화군악은 고개를 갸웃거리며 더 물어보려다가 그의 표정이 왠지 심상치 않다는 걸 느끼고는 화제를 돌렸다.

"그래. 그럼 방으로 안내하게."

"네. 그렇게 하겠습니다."

정주 밤거리, 뒷골목의 지배자인 흥마 마황태는 그렇게 직접 화군악과 그 일행을 안내하여 이 층으로 올랐다.

* * *

아무래도 하늘에 구멍이 뚫린 모양이었다.

장마철도 아닌데, 폭풍이 휘몰아친 것도 아닌데 밤새도록 내린 폭우는 아침나절이 되어서도 전혀 그칠 기미가 없었다. 외려 시간이 지날수록 더욱 빗줄기는 거세졌다.

백마방의 방주가 거처하는 백마전(百馬殿) 앞 정원도

이미 물바다가 되어 있었다.

하인들과 방도들이 새벽부터 일어나 고인 물을 빼내려고 애를 썼지만 소용이 없었다. 물이 빠져야 할 배수로는 몇 번이나 치워도 곧 흙탕물로 막혔고, 불어나는 물의 속도는 빼내는 속도보다 훨씬 빨랐다.

"자칫하면 홍수가 나겠는걸."

아침 일찍 일어난 만해거사는 창가에 차탁을 가져다 놓고 그곳에 앉아 폭우를 맞으며 정원의 물길을 빼내려는 이들을 내려다보며 중얼거렸다.

"벌써 일어나셨습니까?"

막 문을 열고 들어서던 화군악이 창가에 앉아 있는 만해거사를 보며 웃었다.

"늙으면 새벽잠이 없다더니 정말 늙으신 모양입니다, 만해 사부."

"허어, 정말 못하는 소리가 없구나. 그래, 왜 함부로 남의 방에 들어온 건데?"

"아침 식사가 준비되었다는 전갈을 받았습니다. 내려가시죠."

"흠, 그래."

만해거사는 곧 자리에서 일어나 방을 나섰다. 복도에는 화군악뿐만이 아니라 소자양과 담호도 있었다. 그들은 계단을 따라 아래층, 대청으로 내려갔다.

대청의 넓은 탁자에는 어느새 온갖 요리들로 가득 차 있었다. 또한 어젯밤과는 달리 우아한 비단옷으로 한껏 멋을 부린 빈 부인과 흉마 마황태가 상석에 앉아서 그들을 맞이했다.

"잠은 잘 주무셨나요?"

우아하고 의젓하며 예의 바르게, 마치 일반 하오문 집단의 여인이 아닌 귀부인이라도 된 듯 빈 부인은 그렇게 미소 지으며 화군악 일행을 반겼다.

"덕분에 편히 잤습니다. 감사합니다."

화군악 일행은 예의 바르게 말한 후 탁자에 앉았다.

화군악은 황궁에서 꽤 오랫동안 지내면서 황궁의 법도와 귀족의 예의범절 등에 대해서 어느 정도 잘 알고 있었다. 그랬기에 빈 부인이 보기에는 그의 행동 하나하나가 너무나도 찬란해서 눈이 부실 정도였다.

'우락부락한 이이에게 어쩜 이리 귀공자 같으신 손님들이 찾아올까?'

흉마 마황태의 손님이라면 다 비슷한 부류, 형수니 제수씨니 운운하면서 은근슬쩍 그녀의 엉덩이를 툭 치거나 혹은 풍만한 가슴을 몰래 훔쳐보며 침을 흘리는 작자들뿐이었다

그런 작자들만 대하다가 이렇게 화군악이나 소자양, 담호처럼 잘생기고 예의 바른 귀공자들을 마주하게 되자

그저 눈이 호강하는 것 같고 가슴이 두근거려 도저히 견딜 수가 없을 지경이었다.

한편 흥마 마황태가 백마방 사람들에게 어떻게 말하고, 어떤 식으로 단속했는지는 모르겠지만 탁자를 오가는 하인과 하녀들은 화군악 일행에게 한없이 정중한 모습으로 시중을 들었다.

게다가 차려진 음식들은 모두 정갈하고 맛있었으니, 덕분에 아주 유쾌하고 즐거운 식사 시간이 되었다.

식사를 모두 끝내고 빈 그릇들이 치워진 후 다과(茶菓)가 나왔다.

"바쁘지 않은가? 이렇게까지 우리에게 시간을 내줘도 괜찮은가?"

찻잔을 들며 그렇게 묻던 화군악은 이내 아차! 하는 표정을 지으며 빈 부인을 힐끗거렸다.

마황태가 눈치 빠르게 입을 열었다.

"괜찮습니다. 계속 편하게 말씀하시면 됩니다. 어젯밤 내자에게 화 공자에 관한 이야기를 대충 해 두었으니까 말입니다."

빈 부인이 눈을 반짝이며 물었다.

"절세 무공을 지닌 고수이시라면서요? 이이 말로는 천하에서 상대할 자가 없을 정도로 대단한 고수라고 하던데 맞나요?"

"허어. 정말 입이 가볍다니까."

마황태가 눈살을 찌푸리며 빈 부인을 나무랐다. 빈 부인은 남편을 향해 입술을 삐죽이고는 그래도 호기심이 가라앉지 않는다는 듯이 화군악을 돌아보며 물었다.

"그럼 무림십왕 같은 고수와 싸워도 이길 수 있나요?"

"글쎄요."

화군악은 따뜻한 차 한 모금을 마신 후 찻잔을 내려놓으며 천천히 입을 열었다.

"마 형제의 과찬 정도는 아니지만 나름대로 무공에 관해서는 자신이 있습니다만…… 무림십왕 정도 되는 거물이 상대라면 아무래도 붙어 봐야 알지 않을까요?"

"어머나! 이 넘쳐흐르는 자신감 좀 봐요! 세상에나! 아직 이렇게나 젊은데도 어쩌면 이렇게 당당하게 말하실 수 있을까?"

"허어. 호들갑은 그만 떨고 가서 아종(阿宗)이 깨어났는지나 살펴보게. 얼른!"

마황태가 거친 목소리로 축객령을 내리자, 빈 부인은 "흥!" 하면서 자리에서 일어났다.

"나중에 두고 봐요, 어디."

그녀는 마황태에게만 들릴 정도의 조그만 소리로 협박한 다음, 화군악 일행에게 미소를 짓고는 다시 복도 안쪽으로 걸음을 옮겼다.

그녀의 협박을 모두 들은 화군악 일행이 쓴웃음을 흘리는 가운데 마황태는 고개를 설레설레 저었다.

2. 전왕(戰王)의 주살령(誅殺令)

"혹시……."

빈 부인은 물론 시중을 들던 하인들과 하녀들도 모두 사라진 대청.

흥마 마황태와 화군악 일행만이 탁자에 앉아서 여전히 쉬지 않고 쏟아지는 빗소리를 제외하고는 그 어떤 소음도 들리지 않는 공간에서 마황태가 조심스레 입을 열었다.

"혹시 화 공자께서는 그 무림오적의 화군악이 맞으십니까?"

화군악의 안색이 살짝 굳어졌다. 만해거사는 찻물을 마시며 딴청을 피웠고, 담호와 소자양은 저도 모르게 살기를 끌어올렸다.

"오해는 하지 않으셨으면 합니다."

마황태가 그 분위기를 읽은 듯 재빨리 말을 이었다.

"저나 백마방이 무림오적에게 나쁜 감정을 가질 이유가 전혀 없으니까 말입니다. 아니, 오히려 저 오대가문과 태극천맹을 상대로 당당히 맞서 싸우는 모습에 환호하고 응원하는 쪽입니다. 그건 정주 땅에 있는 대부분의 흑도방파 역시 마찬가지이고요."

흑방(黑幇)이라고 불렀다.

백방(白幇)도 청방(靑幇)도, 황방(黃幇)도 아닌, 어두컴컴하고 음울하기 그지없는 흑방이라고 불렀다.

성시와 도읍의 뒷골목에 자리한 모든 문회 방파를 싸잡아서, 강호 무림인들은 그렇게 조롱하듯 비아냥거리듯 흑방이라고 불렀다.

방파의 명칭부터 그렇게 비하하는 식이었으니 방도(幇徒)를 대하는 대우는 어떠할까.

필요악(必要惡), 오물(汚物), 쓰레기, 그 모든 단어들이 흑방 사람들을 지칭하는 말이었다.

그건 백도 정파나 사마외도를 가리지 않았다. 사마외도(邪魔外道)의 외도(外道)는 흑도방파를 가리키는 말이 아니었다. 흑도방파는 강호 소속이 아니었고, 흑도방파 사람들은 무림인으로 취급받지 못했다.

그 견딜 수 없는 모멸감과 좌절감을 안고 살아가는 흑도방파 사람들에게 있어서, 무림오적은 차라리 한 줄기 구원의 빛과 같았다.

겨우 다섯 명만으로 저 거대한 태극천맹과 맞서고 무림의 근간이라 할 수 있는 오대가문과 싸우는 것이다. 어찌 가슴이 불타지 않고 피가 끓어오르지 않을 수 있는가!

그렇게 모든 흑도방파 사람들이 손에 땀을 쥐며 무림오적의 승리를 기원하고 응원하는 동안 어느새 무림오적은 그들의 희망이 되어 가고 있었다.

"화 공자께서 무림오적이라는 사실을 알게 된다면 정주는 물론, 세상의 모든 흑도방파 사람들이 화 공자를 도우려 할 겁니다. 그건 저 역시 마찬가지이고요."

마황태의 말을 들으며 화군악은 마음속으로 중얼거렸다.

'그래서 날 대하는 태도가 예전과 달라진 것이구나.'

마황태는 계속해서 말을 이었다.

"어젯밤 만수루에서 수십 명의 무림인이 떼죽음을 당했다는 소문은 벌써 정주 일대에 쫙 퍼졌습니다. 그리고 또 다른 수십 명의 무림인이 그곳에 모여서 복수를 외쳤다는 소식 또한 알 만한 사람들은 다 알고 있습니다."

'역시…… 원군이 있었군그래.'

화군악은 무심한 표정으로 과자 하나를 집어 깨물었다.

사실 화군악은 산동팔빈 정도의 무위를 가진 무림인이라면 오십 명이든 백 명이든 두렵지 않았다.

그저 더는 피를 보는 것도 그렇고, 무엇보다 귀찮았기 때문에 자리를 피한 것이었다. 똥이 더러워서 피하는 것이지, 무서워서 피하는 건 아니었으니까.

하지만 계속해서 이어지는 마황태의 이야기에 화군악은 상당한 충격을 받아야 했다.

"그 무림인들을 이끄는 자가 다름 아닌 전왕 한백남이라는 이야기까지 흘러나오고 있습니다. 심지어 '전왕(戰王)의 주살령(誅殺令)'까지 떨어졌다는 소문도 있을 지경입니다."

'전왕 한백남!'

화군악의 입안에 있던 과자가 목에 걸려 하마터면 사레가 들릴 뻔했다.

놀란 건 화군악뿐만이 아니었다.

"이런……."

딴청을 부리고 있던 만해거사가 저도 모르게 침음성을 흘렸다. 담호도 놀란 듯 동작을 멈추고 마황태를 바라보았다. 심지어 견문이 얕은 소자양마저도 대경실색하며 소리쳤다.

"전왕이라니, 그 무림십왕의 전왕 말씀이십니까?"

사람들이 그를 돌아볼 때야 비로소 소자양은 자신의 실태를 깨닫고 얼른 사과했다.

"죄송합니다. 제가 함부로 끼어들 자리가 아닌데."

어른들의 대화에 함부로 끼어드는 것처럼 예의 없고 버릇없는 행동이 없었다. 그런 제자의 모습을 보면 사부가 어떻게 키웠는지 알 수가 있었으니, 지금 소자양의 행동은 강만리를 욕되게 하는 일이었다.

하지만 마황태는 개의치 않고 대답했다.

"그렇다네. 바로 그 무림십왕 중 우두머리라고 알려진 전왕 한백남이 만수루에 왔다고 하네."

"허어. 어찌 그가…… 산동팔빈의 인맥이 그리 대단했다는 말인가?"

"그게 중요한 게 아닙니다, 만해 사부."

세상 모든 것을 제 눈 아래로 두고, 그 어떤 상대가 덤벼들어도 눈 하나 깜빡하지 않던 화군악조차 상당히 긴장한 얼굴을 한 채 입을 열었다.

"중요한 건 전왕의 주살령이 떨어졌다는 것이고, 그 주살령으로 인해 무림십왕 전체가 움직일 수 있다는 점입니다."

"흐음."

무림십왕은 산동팔빈들과 달랐다. 그들은 피로 맺어진 친형제도, 의기가 투합하여 이뤄진 의형제도 아니었다.

단지 말하기 좋아하는 호사가(好事家)들에 의해 최강의 무위를 지닌 자들끼리 한데 모아서 붙여진 명칭에 불과했다. 그러니 당연히 함께 무슨 일을 처리하거나 몰려다니는 일이 없었다.

그러나 '전왕의 주살령'이라면 상황이 달라진다.

이른바 무림십왕 중의 우두머리고 불리는 전왕 한백남에게는 다른 무림십왕에게 도움을 요청할 수 있는, 혹은 협조를 구할 수 있는 권능(權能)이 있었고 바로 그 '전왕의 주살령'이야말로 다른 무림십왕을 부릴 수 있는 권능의 표식인 셈이었다.

 또한 전왕 한백남의 인맥은 산동팔빈의 그것보다 수십 배, 수백 배나 되어서 불원천리(不遠千里)하고 그를 돕기 위해 달려올 무림 고수들의 수는 수천수만이 넘었다.

 또한 그렇게 달려온 고수들은 산동팔빈 때처럼 죽음을 불사하고 화군악들을 죽이려 들 게 분명했다.

 그런 의미에서는 오대가문이나 태극천맹을 상대하는 것보다 어렵고 위험한 상대가 바로 전왕 한백남이었다.

 "이거 진짜 무림 공적이 되고 말았군그래."

 만해거사가 침울한 표정으로 중얼거렸다.

 말없이 잠시 고민하던 화군악이 문득 마황태를 바라보며 입을 열었다.

 "우리의 적이 누구인지 알면서 이곳 백마방에 우리를 숨겨도 괜찮나?"

 "괜찮습니다."

 마황태의 흉악한 인상에 웃음기가 스며들었다.

 "솔직히 말씀드린다면 저는 전왕 한백남보다 화 공자가 더 무서우니까요."

그의 말에 잔뜩 긴장되었던 장내의 분위기가 한순간에 풀어졌다. 화군악은 물론 만해거사도 실소를 흘렸고, 담호와 소자양도 밝은 눈빛으로 마황태를 바라보았다.

마황태는 웃으며 말을 이었다.

"게다가 등잔 밑이 어둡다고, 전왕을 비롯한 대부분의 무림 고수들은 이미 정주를 벗어났습니다. 새벽이 갓 지난 아침나절에 쏟아지는 폭우를 뚫고 남쪽 악양부로 향하는 관도를 따라 날아가는 그들의 모습을 본 목격자들이 있으니까요."

"흐음."

화군악은 고개를 끄덕였다.

그들은 이미 산동팔빈의 고무송을 통해서 화군악 일행이 악양부로 가는 길이라는 소식을 전해 받았을 터였다. 그러니 악양부로 향하는 관도를 따라 화군악들을 뒤쫓으려 할 게 당연했다.

마황태는 계속해서 이야기했다.

"또 조금 전에 말씀드리지 않았습니까? 저나 흑도방파 사람들은 무림오적을 응원하고 있다고 말입니다."

"하지만 그렇게 말하는 것치고는 어젯밤 나를 봤을 때 자네의 그 기겁하던 표정이 너무나도 적나라하던데?"

"아⋯⋯ 그야 너무 놀랐으니까요. 화 공자께서도 귀신과 마주치면 분명 그렇게 놀라실 겁니다."

그렇게 말한 마황태는 문득 쑥스러운 표정을 지으며 말을 덧붙였다.

"그리고 예전에 화 공자께 당한 일들이 주마등처럼 떠올라서…… 저도 모르게 다리에 힘이 풀리더라고요."

"하하하. 그때는 내가 조금 과격했지."

"그래도 끝까지 저와 홍아는 살려 주지 않으셨습니까? 약속대로 말입니다."

마황태는 말했다.

"저는 이 바닥에 살면서, 그때 처음으로 자신이 했던 약속을 어기지 않고 지키는 사람을 만났으니까요. 사실 꽤 큰 충격이었습니다."

"뭐……."

화군악은 새삼스레 당시의 기억이 떠올라 머쓱한 표정을 지었다.

그 머쓱함을 지우기 위해서였을까. 화군악은 빠르게 고개를 돌려 담호와 소자양을 바라보며 입을 열었다.

"이곳에서 며칠 쉬는 동안 너희들에게 역용술을 가르쳐 주마. 더불어 너희들의 장 숙부에게 배운 구전역형신공(九轉易形神功)이라는 것도 가르쳐 주마. 꽤 재미있고 신기한 술법이니 마음에 들 거다."

전왕 한백남의 이야기를 들은 와중에도 소자양과 담호는 어린아이처럼 기뻐했다.

소자양은 주먹을 불끈 쥐며 좋아하다가 무슨 생각이 들었는지 담호를 돌아보며 조그만 소리로 말을 건넸다.

"참 내게 무공을 가르쳐 주라."

"네?"

느닷없는 소자양의 부탁에 담호의 눈이 휘둥그레졌다. 소자양은 절박한 심정이 담긴 표정으로 부탁했다.

"너도 알다시피 우리 문파는 무공과는 담을 쌓은 곳이다. 만약 너나 화 숙부가 없는 상황에서 어젯밤과 같은 일이 또 벌어진다면…… 나는 화평장과 사부의 명성에 먹칠을 하게 될 게 분명해. 그러니 조금이라도 사부의 체면을 세우고, 화평장의 긍지를 느낄 수 있도록 내게 무공을 가르쳐 주라. 부탁한다. 아, 대신이라고 하기에는 좀 그렇지만 나도 네게 폭약 다루는 법을 가르쳐 줄 테니까."

"하지만 나보다는 강 숙부께 배우는 게 훨씬 나을 텐데요? 게다가 형님은 애당초 강 숙부의 제자이기도 하고요."

"나도 잘 안다. 하지만 사부는 이곳에서 멀리 떨어져 있고, 너는 바로 내 곁에 있지 않더냐? 그렇다고 사부를 놔둔 채 화 숙부에게는 배울 수 없는 노릇이고."

일리 있는 말이었다.

강만리가 아닌 화군악에게 무공을 배운다면 그건 강만

리의 제자가 아니라 화군악의 제자가 되는 것이다.

하지만 동등한 배분(輩分)의 사형제끼리는 얼마든지 서로에게 무공을 가르쳐 주고 배울 수가 있었다. 그건 어디까지나 부족한 부분을 서로 도와주는 것에 불과하니까.

"하지만 저로 괜찮겠어요?"

담호가 조심스레 물었다. 소자양은 눈빛을 반짝이며 환한 표정으로 고개를 끄덕였다.

"당연히 괜찮고말고. 어제 화 숙부께서도 인정하셨잖아. 널 화 숙부의 동등한 동료로 인정하신다고 말이지. 게다가 내가 직접 본 네 무공은 확실히 화 숙부에 비교해도 전혀 뒤지지 않더라니까."

흥분과 감격에 겨워 목소리가 살짝 커졌을까. 아니면 처음부터 그들의 소곤거리는 대화를 엿듣고 있었을까. 탁자에서 두어 자리 떨어진 곳에 앉아 차를 마시던 화군악이 소자양을 향해 한마디 했다.

"흐음. 아무래도 자양, 너는 내 역용술이 필요 없는 모양이다."

"아닙니다!"

순식간에 얼굴이 하얗게 질린 소자양이 기겁하며 소리쳤다.

"어찌 담호가 감히 화 숙부와 비교가 되겠습니까? 조카가 실언을 했으니 용서해 주시기 바랍니다!"

화군악은 웃는 낯으로 "흥!" 하며 코웃음을 쳤다. 담호도 삐친 듯 "치잇." 하면서 고개를 돌렸다.

졸지에 양쪽으로 치인 소자양은 그야말로 좌불안석(坐不安席)이 되어 어찌할 바를 몰라 했다.

그렇게 소자양에게 있어서 그야말로 최악의 아침이 되고 말았다.

3. 남아일언(男兒一言)은 중천금(重千金)

사실 화군악은 오래간만에 옛 지인들도 만나고 싶었다.

자신을 도와주었던 칠복성조(七福星組)나 노점에서 두붓국을 파는 모과추-그에게는 화군악이 지옥에서 온 사신(死神) 같겠지만- 같은 이들이 지금은 어떻게 사는지도 궁금했고, 또 자신을 만나면 어떤 반응을 보일까도 궁금했다.

하지만 흉마 마황태는 고개를 저었다.

"그들의 현황이라면 제가 말씀드릴 수 있습니다."

그러고는 화군악이 궁금해하던 사람들의 그간 상황에 대해서 일목요연하게 설명했다.

"칠복성조는 이제 오복성조(五福星組)가 되었습니다.

작년에 형제 둘이 살해당했거든요. 그래도 남은 녀석들끼리 잘 지내고 있습니다. 모과추는 여전히 두붓국을 파는데, 이제 길거리가 아닌 자신의 가게에서 팝니다. 그리고 다른 사람들은……."

그렇게 한참 동안 화군악과 인연이 닿았던 자들에 관한 이야기를 풀어놓은 후, 마황태는 진지한 어조로 말했다.

"아침에는 비록 모든 하오문과 흑방 사람들이 무림오적을 좋아하고 응원한다고는 했지만, 어디 사람 마음이라는 게 다 똑같겠습니까? 돈이 필요해서, 혹은 뭔가 다른 야망이 있어서 반드시 화 공자를 팔아먹는 놈들이 나타날 겁니다. 또 그게 흑도 사람들의 근본이기도 하고요."

백도 정파 사람들이 정의를 구현하고 의협을 추구한다면, 사마외도는 힘을 숭상한다. 하지만 흑도 사람들에게 있어서는 돈이 최고였다.

돈 앞에는 의리도, 정도, 정의도 필요 없었다. 돈을 벌기 위해서 힘이 필요한 것이고, 돈을 얻기 위해서 인맥이 중요한 법이었다.

그러니 그들이 평생 꿈꿔볼 수 없을 정도로의 엄청난 현상금 앞에서는 그깟 무림오적 따위, 그리 중요할 리가 없었다.

언제든지 밀고할 수 있고, 또 다른 사람들이 먼저 밀고

해서 돈을 타 먹기 전에 자신들이 조금이라도 먼저 팔아먹으려 들 터였다.

그게 흑도인(黑道人)인의 습성이자 근본이었다.

"저도 같은 흑도인이지만……."

마황패는 씁쓸한 표정을 지으며 말했다.

"돈 앞에서는 언제든지 안면을 바꾸고 손바닥을 뒤집을 수 있는 게 그들입니다. 그러니까 화 공자가 이곳에 머무는 걸 아는 사람이 적으면 적을수록 안전하다는 뜻이 됩니다. 제가 굳이 오복성조나 모과추와의 만남을 추천하지 않는 이유가 바로 거기에 있습니다."

화군악은 고개를 끄덕였다.

"알겠네. 자네의 조언을 따르기로 하지."

그렇게 해서 결국 화군악은 정주에 머무르는 이틀 동안 백마방 깊은 내당에 꼼짝없이 갇혀 지낼 수밖에 없었다.

그렇다고 해서 심심할 겨를은 없었다.

우선 화군악은 약속한 대로 담호와 소자양에게 역용술을 가르치기 시작했다.

담호야 익히 아는 대로 머리가 좋고, 두뇌 회전이 빨라서 빠르게 역용술을 배우고 익혔다. 소자양은 머리가 좋은지는 모르겠지만, 나름대로 눈썰미도 뛰어나고 임기응변 같은 게 좋아서 담호가 익히는 걸 곁눈질해 가면서 나름대로 뒤떨어지지 않게 노력했다.

화군악이 해야 할 일은 그게 전부가 아니었다.

"제 자식입니다만……."

마황태와 진 부인이 일곱 살 장난꾸러기를 데리고 와서 아이의 목덜미를 누르며 인사를 시켰다.

"커서 장군(將軍)이 되라는 뜻으로 이름도 장군으로 지었습니다. 자질이 어떤지는 잘 모르겠습니다만 그래도 제가 하나를 가르치면 둘은 알아먹더라고요."

-그래서, 어쩌라고?

라고 묻고 싶은 걸 억지로 참으며 화군악이 입을 열었다.

"내가 그 아이에게 한 수 가르쳐 주기를 원하는가?"

순간 마황태와 진 부인의 입이 찢어졌다. 마황태는 커다란 손을 비비적거리며 어울리지 않게 몸을 꼬았다.

"하하하. 감히 바라지는 않습니다만 그래 주신다면야 더없이 기쁘고 황송할 따름입니다."

역시 어울리지 않는 내숭까지 떨면서 마황태는 간절한 눈빛으로 화군악을 바라보았다.

진 부인도 거들고 나섰다.

"사부와 제자의 인연까지는 바라지 않아요. 그저 한 수 정도, 이 아이가 훗날 제 목숨을 지킬 수 있을 정도의 호신술만이라도 가르쳐 주신다면 평생 제 은인으로 삼겠습니다."

화군악은 쓴웃음을 흘렸다.

'그렇겠지. 무림오적의 제자라고 알려진다면 제 목숨은 물론 백마방까지 괴멸당할 게 분명하니 차라리 사부와 제자의 인연을 맺지 않는 게 훨씬 더 좋겠지. 그래, 그게 세상 이치라는 걸 테고.'

화군악은 문득 소자양을 돌아보았다.

이때 소자양은 한쪽 구석에 앉아 담호와 머리를 맞댄 채 역용술의 원리에 관해 대화를 나누고 있었다.

'그런 걸 뻔히 알면서도 강 형님의 제자가 되고 싶어 했던 저 녀석이 이상한 거야. 암, 그렇고말고.'

화군악은 잠시 생각하면서 마장군이라는 아이를 돌아보았다. 한눈에도 장난꾸러기라는 걸 알아볼 수 있을 정도로 활기가 넘쳐 보이는 꼬마였다.

부친인 마황태가 그 솥뚜껑 같은 손으로 어깨와 목을 잡고 있었기에 가만히 서 있는 것이지, 만약 가만히 놔두었으면 벌써 이 대청 전체를 뛰어다니며 난장판을 만들었을 것 같은 녀석이었다.

'흠, 눈빛은 똘똘해 보이고 손과 발이 제 아비 닮아서 큰 걸 보니 무공을 익히기에는 나쁘지 않은 체형을 지녔구나. 자질이야…… 한번 가르쳐 봐야 알 수 있는 일이고.'

화군악은 가만히 마장군을 내려다보다가 문득 고개를

끄덕이며 입을 열었다.

"그래, 한 수 정도라면야 가르쳐줄 수 있지. 제대로 배울지, 익힐지는 이 아이 몫인 게고."

마황태와 진 부인이 크게 기뻐했다.

"아이구! 감사합니다. 정말 이 은혜 잊지 않겠습니다."

"당연하죠! 무림오적의 무공이라면 어떻게든 제대로 배우고 익힐 수 있도록 우리가 도와줘야죠."

그렇게 해서 화군악의 일이 또 하나 늘어나게 된 것이었다.

사실 화군악이 굳이 마장군에게 무공을 가르치겠다고 결심한 이유는 마황태의 도움이 고맙다거나 혹은 아이의 자질이 마음에 들어서가 아닌 다른 데 있었다.

바로 훗날 자신이 자신의 제자를 들여 가르치게 될 때 과연 얼마나 제대로 가르칠 수 있을지, 마장군을 그 시험 대상으로 삼고자 함이었던 것이다.

무공을 배우는 것과 무공을 가르치는 건 전혀 다른 차원의 일이었다.

높은 경지에 오른 고수라고 해서 그 무공의 원리를 논리 정연하게 설명하거나, 혹은 제자들이 알아듣고 이해하기 쉽게 가르칠 수 있는 건 아니었다.

무공의 천재라고 불리던 상승 고수들이 의외로 제자들을 제대로 가르치지 못하는 경우가 왕왕 있었으며, 마침 화군악은 스스로 천재라고 생각하던 참이었다.

즉, 이번 마장군을 가르치는 일은 과연 천재 중의 천재인 자신의 교습법(敎習法)이 평범한 사람들에게 얼마나 잘 통할까 하는 의구심을 해결하기 위한 수단이라 할 수 있었다.

그렇게 해서 화군악의 가르침이 시작되었다.

"네, 화 백부."

얼마나 마황태와 진 부인에게 교육을 받고 왔을까. 마장군은 화군악은 그렇게 부르며 그의 가르침에 귀를 기울였다.

하지만 그건 일각이 한계였다.

일각이 지나면 몸이 간지러워 견딜 수가 없다는 얼굴이 되었고, 결국 마장군은 한눈을 팔거나 딴청을 피우거나 엉뚱한 화제로 대화를 돌리거나, 이런저런 짓궂은 장난을 시도하기 시작했다.

처음에는 근엄한 사부 흉내를 내면서 무공의 원리를 가르치려던 화군악은 그 어린 꼬마의 어수선함과 장난질에 슬슬 근엄했던 표정이 무너지더니 결국 참을 수 없다는 듯 매를 들었다.

마장군을 자신의 무릎 위에 붙들어 놓고 그 엉덩이를 때리려는 순간, 화군악은 문득 야래향이 떠올랐다. 언제나 미소를 잃지 않던 그녀의 아름다운 얼굴이 기억났다.

사실 솔직히 말해서 이 마장군이라는 장난꾸러기와 감히 비교조차 되지 않았던 화군악의 어린 시절이 아니었던가. 그 모든 장난과 말썽과 난동을 겪으면서도 그의 사부 야래향은 매를 든 적이 단 한 번도 없지 않았던가.

 그런데 겨우 이 정도 어수선함에 질려서 매를 들려 하다니. 그것은 결국 화군악이 야래향의 발끝에도 미치지 못한다는 의미였다.

 '아니지. 그럼 안 되지.'

 화군악은 제 무릎 위에서 발버둥을 치는 아이를 내려놓았다. 자유의 몸이 된 아이는 빠르게 도망치려 했다.

 화군악은 손을 뻗었다. 보이지 않는 무언가가 아이의 목덜미를 잡아끌었다. 아이가 놀라 허둥거리는 사이, 그는 화군악의 앞으로 이끌려 왔다.

 "나는 여기 가만히 앉아 있을 것이다."

 화군악이 미소를 지으며 말했다.

 "만약 네가 내 손을 피해서 이 대청 밖으로 도망칠 수 있다면, 그때는 네가 하자는 대로 해 주마. 물론 장난감도 사 줄 것이다."

 마장군은 기뻐하며 소리쳤다.

 "거짓말하기 없기예요! 남아, 남아……."

 "물론이다. 남아일언(男兒一言)은 중천금(重千金)이니까."

"맞아요. 남아일언은 중천금이에요!"

화군악이 고개를 끄덕이는 동시 마장군은 다람쥐처럼 빠르게 몸을 돌려 대청 문을 향해 쪼르르 달려 나갔다.

아이의 발이 막 문지방을 넘어서려는 순간, 화군악의 보이지 않는 손이 그의 목덜미를 낚아챘다.

"컥!"

아이는 짧은 신음을 토해 내며 질질 끌려서 원래의 자리로 돌아와야만 했다. 아이의 눈가에 눈물이 맺혔다.

하지만 아이는 생각보다 끈질겼다. 몇 번이고 도망치고 또 도망쳤다. 정면으로는 안 되겠다 싶었는지 화군악의 눈치를 살피다가, 마침 화군악이 조는 듯 눈을 감자 그 틈을 타서 도망치려고도 했다.

또한 아이는 자신이 내달리는 소리에 화군악이 잠에서 깬다 싶었는지 조심조심 살금살금 소리 내지 않고 도망치려고 하기도 했다.

하지만 아이의 모든 방법은 실패로 돌아갔고, 매번 화군악의 보이지 않는 손에 이끌려 제자리로 돌아와야만 했다. 그토록 활기 넘치던 아이도 결국에는 힘이 빠진 듯 어깨를 축 늘어뜨렸다.

화군악은 문득 이 아이가 마음에 들었다.

이렇게 될 때까지 비록 눈물을 글썽이기는 했어도, 엉엉 울거나 바닥을 뒹굴며 떼를 쓰지는 않았다. 그 고집이 마음에 들었다. 그 악착같음이 마음에 들었다.

그래서 화군악은 넌지시 말했다.

"이 백부에게 한 가지 배운다면 절대 백부에게 뒤를 잡히지 않을 수가 있는데."

화군악은 꼬마를 외면한 채 혼잣말처럼 중얼거렸다.

"게다가 그 어떤 상황에서도 도망칠 수가 있으니, 그야말로 목숨을 부지하기에는 최고의 무공인 게지. 아, 술래잡기를 할 때도 최고고 말이야."

술래잡기라는 말에 아이의 마음에 와닿았을까. 마장군의 눈빛이 반짝였다.

"하지만 제대로 배우려면 끝까지 참고 버틸 줄도 알아야 하지. 지루하다고 해서 내팽개치면 차라리 배우지 않는 것보다 못하니까. 지루해도 참을 줄 알고 힘들어도 버틸 줄 알아야 해. 하지만 그 보상은 실로 대단해서…… 그렇게 참고 버티다 보면 결국 세상에서 네 뒤를 따라잡을 수 있는 사람은 단 한 명도 없게 될 테니까."

잠자코 듣고 있던 마장군이 은근슬쩍 물었다.

"화 백부도 내 뒤를 따라잡지 못해요?"

"그럼. 당연하지."

화군악은 어깨를 으쓱거리며 말했다.

"내가 방금 전에 말했잖아. 세상 그 누구도 네 뒤를 따라잡을 수 없다고 말이야."

"좋아요, 그럼!"

마장군이 크게 소리쳤다.

"무슨 일이 있더라도 참고 버틸게요! 그러니까 내게 그걸 가르쳐 주세요."

화군악은 마장군의 두 눈을 똑바로 들여다보며 말했다.

"약속했다? 남아일언은 뭐라고?"

마장군이 배를 내밀며 말했다.

"남아일언은 중천금이니까요!"

그렇게 이틀이 흘렀다.

3장.
죽을 때까지 침묵하겠다

"나는 게서 더는 물어보면 안 된다고 생각했지. 그래서 그저 알겠다고,
강 장주의 뜻대로 반드시 이야기해야 할 상황이 아니라면
죽을 때까지 침묵하겠다고 약속했네.
그런데 이렇게 침묵을 지키지 못하고 결국 이야기하게 되었군그래."

죽을 때까지 침묵하겠다

1. 방문(榜文)

"화 공자! 화 공자!"

마황태의 다급한 목소리가 정원 밖 멀리에서 들려왔다.

그에 짐을 꾸리던 화군악은 가볍게 눈살을 찌푸리며 투덜거렸다.

"설마 며칠 더 묵으면서 못난 자식에게 무공 한두 수 더 가르쳐 달라고 저러는 건 아니겠지?"

"설마 그렇게까지 하겠느냐?"

만해거사가 껄껄 웃으며 말을 이었다.

"아침 일찍 다관에서 무슨 회의가 있다고 했었는데, 그 결과를 이야기하기 위해 저리 급하게 달려오는 모양일 게다."
"아니, 자기네들 회의 결과를 왜 제게 말해 준대요?"
"글쎄. 그건 마 당주가 와 봐야 알지 않겠누?"
만해거사의 말이 끝나기가 무섭게 대청 문이 와락 열리며 마황태가 뛰어 들어왔다. 십여 리 떨어진 다관에서 이곳 장원까지 한달음에 달려온 듯 그의 얼굴은 시뻘겋게 물들었으며, 숨은 턱까지 차오른 모습이었다.
"화, 화 공자……."
마황태는 벽을 짚은 채 허리를 숙이고 숨을 몰아쉬면서도 뭔가 이야기하고 싶어 미치겠다는 듯이 입을 끔뻑거렸다.
만해거사가 혀를 차며 말했다.
"쯧쯧. 그러면 더 숨이 차서 늦게 말하게 되네. 급할수록 돌아가라고, 한숨 돌린 다음에 이야기하게. 자, 이리로 와서 차나 한잔 마시게."
"고, 고맙…… 습니다."
마황태는 격하게 숨을 몰아쉬면서 자리에 앉았다.
눈치 빠른 소자양이 짐을 꾸리다 말고 빠르게 다가와 차를 따랐다. 마황태는 알맞게 식은 차를 단숨에 들이켰다. 소자양이 다시 차를 따랐다.
마황태는 두 번째 차까지 비운 후, 길게 숨을 내쉬며 호흡을 가라앉히고는 조금은 침착해진 목소리로 말했다.

"큰일 났습니다, 화 공자."

 화군악은 만해거사의 침술 도구와 의약품들을 보자기 한쪽에 밀어 넣으며 말했다.

"큰일은 뭐? 설마 전왕 하백남이 이리로 쳐들어오기라도 한단 말인가?"

"그게 아니라…… 황제 폐하와 황후 마마께서 붕어(崩御)하셨다는 방문(榜文)이 마을 곳곳에 붙었습니다."

"뭐라고?"

 일순 짐을 꾸리던 화군악의 손이 멈췄고, 빈 장죽을 뻐끔뻐끔 빨던 만해거사는 쿨럭거리며 기침을 흘렸다.

 또한 빈 찻잔에 재차 차를 따르던 소자양이 화들짝 놀라는 바람에 찻물이 사방으로 튀었으며, 담호가 들고 있던 짐꾸러미를 놓치는 바람에 털썩! 하는 소리가 대청에 울려 퍼졌다.

 마황태는 사람들의 반응이 마음에 들었다는 듯 흡족한 표정을 지으며 말을 이었다.

"제가 최대한 빨리 여러분께 그 소식을 전해 드리기 위해서 단 한 번도 쉬지 않고 천구다관(天口茶館)에서 예까지 달려……."

"사설은 집어치우고 본론만 말하게. 그래, 황제와 황후가 언제 죽었다는 거야?"

 불경스러운 화군악의 말에 마황태가 움찔거렸다.

"그게 그러니까 이틀 전의 일이라고 합니다. 두 분 다 급환으로 돌아가셨다고 합니다. 지금 관아나 현령은 모두 초상집입니다."

"흐음."

만해거사의 입에서 희미한 신음이 흘러나왔다. 그는 마황태의 이야기에 상당히 큰 충격을 받은 듯 얼굴빛까지 창백해졌다.

한편 화군악은 입술을 깨물며 팔짱을 꼈다.

'황후를 해치울 거라고는 짐작했는데, 설마 황제까지 죽일 줄이야. 정말 강 형님의 배포라고 해야 할까, 담력이라고 해야 할까. 그게 이 정도일지는 전혀 생각하지 못했다.'

화군악은 마황태로부터 이야기를 전해 듣자마자 황제와 황후의 죽음이 급환 따위가 아닌 강만리의 짓임을 직감했다.

'안 그래도 수상하기는 했다. 왜 느닷없이, 그렇게 갑자기 우리를 악양부로 내쫓듯이 보냈는지 말이다.'

그건 화군악 일행, 특히 담호와 소자양의 안전을 위한 행동이었을 것이다. 또한 황궁에서의 일이 잘못되었을 때를 대비한 마지막 보루이기도 했을 터였다.

'그래서 곰곰이 생각해 보았지. 과연 어떤 일을 벌이려고 우리를 그렇게 내쫓았는지 말이다. 그런데 마침 대양

산 봉헌사로 백일기도를 드리러 간 황후가 떠올랐고…….'

황후는 언제나 눈엣가시였다.

그녀는 황태자 주완룡이 하는 모든 일에 사사건건 시비를 걸었고 딴죽을 걸었다. 주완룡이 제대로 국정을 살피려면 그 걸림돌인 황후부터 없어져야 했다.

그건 강만리뿐만 아니라 무림오적 모두가 같은 생각이었다. 비록 입 밖으로 내뱉지만 않았을 뿐, 언제고 때가 되면 그녀를 죽여서 황태자 주완룡의 앞길을 가로막지 못하도록 해야 한다는 것이 바로 무림오적의 공통된 생각이었다.

그래서 화군악은 황후의 죽음 정도는 어느 정도 예견하고 있었다.

하지만 황제까지 죽을 줄이야. 아니, 황제까지 죽일 줄이야.

화군악이 내심 그런 생각을 하고 있는지 전혀 알 리가 없는 마황태는 계속해서 방문에 적혀 있던 내용을 늘어놓았다.

"모든 백성은 방문이 붙여진 그 날부터 석 달 동안 황제와 황후의 붕어를 애도하는 마음으로 백의(白衣)를 입어야 하며, 또한 모든 관혼상제(冠婚喪祭)를 금한다고 했습니다. 그러니 여러분은 굳이 다급하게 악양부로 가지 않아도 됩니다, 이제. 어쨌든 악양부의 혼례도 석 달 동안 연기되게 생겼으니까요."

"으음."

"흠."

화군악과 만해거사는 무슨 생각을 하고 있는지 마황태의 이야기에 건성으로 대꾸했다. 마황태는 그들의 예상 밖 반응에 살짝 당황한 듯 재차 설명하려고 했다.

하지만 그보다 먼저 화군악의 입이 열렸다. 화군악은 힐끗 만해거사를 돌아보며 말했다.

"미안하지만 우리끼리 나눌 이야기가 있다."

마황태는 눈치를 살피다가 자리에서 일어났다.

"아, 저도 수하들에게 서둘러 이 소식을 전해야 하거든요. 얼른 정주 땅의 모든 옷가게를 돌아다니면서 백의를 구입하고, 또 포목점도 들러서 옷감까지 모두 수배해야 하니까요. 이것 참, 시간은 촉박한데 해야 할 일이 무척 많습니다."

마황태는 크게 웃으며 말했다.

"푸하하하! 떼돈을 벌 기회가 생겼을 때는 한시라도 빨리 움직여야 합니다. 조금이라도 머뭇거리다가는 다른 발 빠르고 눈치 빠른 놈들에게 모두 빼앗길 테니까요. 그럼 저는 이만 나가 보겠습니다."

마황태는 다시 성큼성큼 대청을 가로질러 밖으로 향했다. 문이 닫히고 대청에는 화군악 일행만이 남게 되었다.

화군악이 문득 만해거사를 돌아보며 입을 열었다.

"사부는 다 알고 계셨나 봅니다."

"음?"

만해거사가 화군악을 바라보았다. 화군악은 침착한 표정으로 말을 이었다.

"사부께서 마황태의 이야기에 그렇게까지 놀란 건, 역시 강 형님이 황후와 황제를 모두 죽이고자 했던 걸 이미……."

"쉿."

만해거사가 눈살을 찌푸리며 말했다.

"아이들이 있는 자리일세."

"상관없습니다. 이제 그들도 어엿한 사내들이니까요. 동정도 뗐고, 무엇보다 이제는 한 사람의 몫을 충분히 해내거든요. 그러니 저 녀석들이 있는 자리라고 해서 숨기거나 말하지 못할 게 전혀 없습니다."

"흐음."

만해거사는 화군악의 말이 못마땅한 듯 팔짱을 끼며 담호와 소자양을 둘러보았다. 소자양과 담호는 당황한 얼굴이었으나 이내 진지한 표정을 지으며 고개를 끄덕였다.

"우리도 이제 다 컸습니다, 할아버지."

소자양이 그렇게 말하며 자리에 앉았다. 담호도 재빨리 그의 옆자리에 앉았다.

만해거사는 여전히 마음에 들지 않는다는 얼굴이었으나, 결국에는 길게 한숨을 내쉬며 천천히 입을 열었다.

"이 이야기가 밖으로 흘러나가기라도 한다면…… 그때는 구족(九族)은 물론 화평장과 북해빙궁, 모용세가와 축융문 모두가 멸문당할 것이야. 그래도 듣고 싶더냐?"

소자양은 저도 모르게 마른침을 꿀꺽 삼키며 고개를 끄덕였다.

"저는 사부의 제자입니다. 제가 알고 모르고를 떠나서, 사부께서 행한 모든 일에 관한 결과 또한 제 몫이 되지 않겠습니까? 그리고 저 역시 이미 화평장의 문하인 만큼 부디 저를 외인 취급하지 않으셨으면 합니다."

옳은 말이었다. 당연한 일이었다. 소자양이 모르는 일이라고 해서 무죄가 될 리 없었다. 어쨌든 소자양은 강만리의 제자였으니까.

만해거사는 잠시 생각하다가 다시 한번 길게 한숨을 흘리고는 어쩔 도리 없다는 듯이 입을 열었다.

"그래, 나는 어느 정도 알고 있었다. 궁을 떠나기 전에 강 장주가 직접 나를 찾아와서 이야기해 주었으니까."

화군악이 기분 나쁘다는 듯이 가볍게 코웃음을 흘리며 말했다.

"강 형님이 사부께는 말하고 내게는 말하지 않은 저의가 궁금합니다, 정말."

"그건 단순하네. 자네에게 말했다가는 절대 자네가 궁을 떠나지 않으려 했을 테니까."

"으음."

"황제와 황후를 암살하는 일이네. 자칫 잘못하다가는 그곳에 있는 이들이 모두 죽임을 당할 계획이네. 그 위험한 계획을 미리 알았다면 과연 자네는 궁을 나서려 했겠는가?"

"그야 물론……."

"그래서 자네에게는 말하지 않은 걸세. 그리고 자네에게 담호와 자양을 맡긴 건, 축융문과 화평장, 그리고 북해빙궁의 미래를 자네에게 맡긴 것과 하등 다르지 않다네."

만해거사의 이야기에 화군악은 질끈 입술을 깨물었다.

머리로는 충분히 이해가 되지만 가슴으로는 도저히 받아들일 수가 없었다.

어쨌든 그래도 무림오적 중에서 강만리와 가장 가까운 이가 화군악이 아니었던가. 아주 어렸을 적부터 인연을 쌓고 함께 지내 온 사이가 아니었던가.

그런데 그 위험하고 중요한 계획을, 오로지 자신에게만 발설하지 않았다는 사실이 화군악에게 꽤 큰 충격으로 전해졌다.

그것은 배신을 당하거나 뒤통수를 얻어맞았을 때와는

또 다른 감정이기는 하였으나, 그 충격만큼은 전혀 뒤떨어지지 않을 정도로 크고 강렬했다.

만해거사는 화군악의 표정을 살피며 말했다.

"그때 강 장주는 내게 이렇게 말했네. '이제부터 저는 이 나라의 역적이 되고자 합니다. 그러니 만일을 대비하여 최후의 사태를 상정하여 군악과 사부께서 아호와 자양을 데리고 악양부로 떠나시기 바랍니다'라고 말일세."

만해거사는 당시 상황을 회상하듯 지그시 눈을 감으며 계속해서 말을 이어 나갔다.

* * *

만해거사는 놀라 물었다.

"역적이 되겠다니. 설마 황제가 되려는 속셈인가?"

강만리가 웃으며 말했다.

"설마요. 그저 황태자 전하께서 차기 황제가 될 수 있도록 적극적으로 움직일 생각입니다."

"그게 왜 역적이 되는 겐가? 충신이 되거나 공신이 되면 되는 게지."

"그 과정에…… 제가 반드시 죽여야 할 인물들이 있기 때문입니다. 그리고 만약 제가 그 인물들을 죽인 게 세상에 알려지는 날에는 이 나라의 역적이 되고 말 겁니다. 설령 황태자 전하께서 황제가 되신다고 하더라도 말입니다."

강만리는 그렇게 말하며 씁쓸하게 웃었다.

"아, 군악에게는 말씀하지 마십시오. 녀석이 알면 끝까지 이곳에 남으려 할 테니까 말입니다. 녀석에게는 오로지 녀석이 할 수 있는 일이 있으니까요."

"군악이 뒤늦게 알게 되면 화를 낼 텐데……."

"이해해 줄 겁니다, 녀석이라면."

강만리는 희미하게 붉어진 시선을 숨기려는 듯 헛기침을 하며 고개를 돌렸다.

"허험. 그래도 날 가장 잘 알고 있는 사람 중 한 명이 바로 그 녀석이니까 말입니다."

2. 자질과 노력

"나는 게서 더는 물어보면 안 된다고 생각했지. 강 장주가 죽이고자 하는 인물들이 누구인지, 몇 명인지 나는 알면 안 된다고 생각했네. 그래서 그저 알겠다고, 강 장주의 뜻대로 반드시 이야기해야 할 상황이 아니라면 죽을 때까지 침묵하겠다고 약속했네. 그런데 이렇게 침묵을 지키지 못하고 결국 이야기하게 되었군그래."

만해거사의 이야기는 그렇게 끝났다.

담호와 소자양은 너무나 중대하고 위험한 이야기를 들은 나머지 사색이 된 채 입을 다물지 못했다.

반면 화군악은 여전히 골이 난 얼굴로 뭔가를 생각하다가 어깨를 으쓱거리며 입을 열었다.

"뭐, 그렇게까지 말씀하셨다면야 어쩔 도리가 없죠. 그건 나중에 강 형님을 만나서 따지기로 하고…… 좋아요, 그럼 이제 어떻게 하죠?"

화군악은 어쩐지 농담을 하는 것처럼 물었다.

"이제 심산유곡에 들어가 몸을 숨길까요? 아니면 북해빙궁으로 돌아가서 사람들을 이끌고 더 먼 곳으로, 북해 저편 아라사(俄羅斯)의 땅으로 도망칠까요? 어차피 악양부의 혼인식도 연기될 거 같은데 말입니다."

만해거사가 가볍게 눈살을 찌푸리며 말했다.

"누군가에게 들통난 것도 아닌데 왜 우리가 숨거나 도망쳐야 하겠느냐? 그냥 평소대로 하면 되는 게다. 아니, 외려 잘된 일인지도 모르지. 악양부의 혼인식이 연기된 만큼 우리에게는 시간과 여유가 생긴 것이니 말이다. 게다가 그 전왕 한백남을 따돌릴 여유도 충분해지고 말이지."

만해거사의 논리적인 이야기에 결국 화군악도 수긍한 듯 고개를 끄덕이며 말했다.

"그건 확실히 다행이네요. 안 그래도 이렇게 이리저리

시간을 빼앗기다가 결국 혼인식이 끝난 뒤 악양부에 당도하면 어쩌나 살짝 걱정했으니까요."

"어쨌든 석 달이네. 방문이 그리 붙여졌으니 천하의 오대가문이라 할지라도 그걸 정면으로 거역할 수는 없을 것이야. 만약 그랬다가는 그야말로 천하의 공적이 되어 수백만 대군의 공격을 받게 될 테니까."

"흠. 그렇다면 확실히 여유를 가질 수 있는 상황이 되기는 했군요. 뭐, 그렇다고 계속 이곳에 머물며 그 코흘리개 꼬마의 사부 노릇을 할 수는 없고……."

"왜? 그 아이를 가르치면서 꽤 즐거워하던 것 같던데?"

"에이, 설마요. 나중에 내 딸내미 가르칠 때 이런 식으로 가르치면 좋겠다, 그런 생각을 하면서 가르친 것에 불과하거든요. 그건 그렇고……."

화군악은 담호와 소자양을 돌아보며 화제를 돌렸다.

"너희들은 내가 전해 준 역용술과 구전역형신공은 어디까지 익혔느냐?"

소자양이 살짝 얼굴을 붉히며 대답했다.

"이제 갓 구결을 모두 외웠습니다."

담호도 부끄럽다는 듯이 대답했다.

"노력이 부족해서인지 구전(九轉)은커녕 일전(一轉)도 제대로 되지 않아요, 아직은."

일순 화군악은 살짝 놀란 표정을 지었다.

구전역형신공은 말 그대로 한 걸음 걷는 동안 아홉 번 얼굴을 바꿀 수 있다고 해서 붙여진 명칭이었다.
　그런데 한 번이라도 얼굴을 바꿀 수 있다면, 그것도 겨우 구결을 가르친 지 이틀밖에 되지 않았음에도 불구하고 그게 가능하다면 확실히 담호의 자질은 생각보다 훨씬 뛰어난 게 분명했다.
　'그런데도 말이지……'
　하지만 화군악이 놀란 이유는 다른 곳에 있었다.
　'이렇게나 자질이 뛰어난 담호를 두고도 담 형님은 그런 식으로 칭찬하지 않았다는 게 놀라운 거지.'
　화군악은 언젠가 담우천이 자신의 두 아들을 평가했던 대목을 떠올렸다.

　-아호는 자질이 부족하지만 노력으로 그걸 메우고, 아창은 자질이 뛰어나지만 게으른 까닭에 결국 저 모양이란 말이다.

　'그러니까 자질 부족한 담호의 성장이 저 정도라면, 담창이 제대로 각성하게 된다면 도대체 얼마나 대단한 놈이 될까?'
　화군악이 문득 그런 생각을 하고 있을 때, 만해거사가 헛기침을 하며 담호와 소자양에게 말했다.

"이틀 배우고서 그 정도면 정말들 훌륭한 거란다. 괜히 부끄러워하거나 기죽을 필요 없다. 무엇보다 하루에 한 걸음씩 꾸준히 나아간다는 생각으로 노력하고 수련한다면, 그 어떤 자질로도 따라올 수 없는 성과를 이루게 될 테니까."

만해거사는 화군악의 대응이 살짝 못마땅했는지, 아니면 기죽은 소자양과 담호를 위로하고 싶었는지 그렇게 다독이며 말했다.

뒤늦게 상념에서 깬 화군악도 고개를 끄덕였다.

"그건 만해 사부의 말씀이 전적으로 맞다. 가장 중요한 건 멈추지 않는 노력이다. 이 정도라면, 혹은 여기까지가 최선이라는 생각이 들 때 게서 한 걸음 더 나아갈 줄 알아야 한다. 일류와 상승은 그 한 걸음의 차이로 갈리니까 말이다."

"명심하겠습니다."

두 어린 청년은 크게 소리치듯 대꾸했다.

그때였다. 누구의 허락도 받지 않은 채 대청의 문이 왈칵 열리며 개구장이 소년이 뛰어들었다.

"사부! 또 배우러 왔어!"

코를 훌쩍거리며 화군악에게도 달려오는 소년, 바로 마황태의 아들 마장군이었다.

그를 본 화군악의 얼굴이 저도 모르게 일그러졌다.

* * *

 결국 백마방에서 이틀이나 더 묵고 난 후에야 화군악 일행은 그곳을 벗어날 수가 있었다.
 그리하여 전왕 한백남이 주살령을 내린 지 나흘이 흐르고, 황제와 황후의 붕어 소식이 적힌 방문이 내걸린 지 이틀이 지났을 무렵, 화군악 일행은 정주에서 서쪽으로 이어진 관도를 따라 말을 타고 달렸다.
 여전히 빗줄기는 그칠 기미를 보이지 않은 채 무려 닷새 이상이나 쉬지 않고 쏟아졌다.
 말하기 좋아하는 사람들은 이 장마와도 같은 빗줄기를 두고 황제 폐하와 황후 마마의 붕어를 슬퍼하는 하늘의 눈물이라고도 이야기했다.
 하기야 황제는 곧 천자(天子), 하늘의 아들이었으니 하늘의 입장에서 보자면 아들과 며느리를 동시에 잃게 된 셈이기도 했다.
 또한 그런 의미에서 보자면 하늘은 제 자식과 며느리를 죽인 자를 절대 용서하지 않을 게 분명했다.
 지금 화군악 일행이 달리는 관도는 악양부와는 전혀 상관이 없는 낙양으로 이어지는 관도였는데, 그들이 굳이 서쪽 관도로 말을 달리는 이유는 오직 하나였다.

"지금쯤이면 이미 놈들의 원군이 당도하여 악양부로 향하는 관도 일대를 샅샅이 뒤지고 있을 것이다. 우리가 악양부로 간다는 것 정도는 이미 산동팔빈에게 들어서 잘 알고 있을 테니까."

만해거사는 소자양과 담호에게 그렇게 설명했다.

"그래서 낙양으로 우회하려는 것이다. 낙양에서 다시 사나흘 머물다가 악양부로 남하한다면 놈들과 조우할 가능성이 그만큼 낮아질 것이다."

화군악이 끼어들었다.

"낙양에 가면 소림사도 들러 볼 작정이다. 너희들은 아직 소림사 구경을 해 본 적이 없지?"

일순 담호와 소자양의 눈이 반짝였다.

오대가문과 태극천맹의 위세에 눌려 비록 예전 같지는 않을지언정 그래도 소림사는 무림의 태산북두(泰山北斗)였다.

세상의 모든 무공이 소림사에서 나왔다는, 이른바 천하공부출소림(天下功夫出少林)이라는 말을 모르는 사람이 누가 있을까.

강호를 살아가는 무림인에게 있어서 소림사는 경외의 대상인 동시에, 마음의 고향이기도 하면서 일정의 성지(聖地)와도 같은 곳이었다.

그건 담호와 소자양 역시 마찬가지였다.

어린 시절 잠자리에서 들었던 강호무림의 이야기 중 대부분을 차지했던 게 바로 소림사의 이야기였다.

천마(天魔)와 공전절후(空前絶後)의 혈투를 벌였던 백팔나한(百八羅漢)의 이야기.

마야 백마린과 수백 번을 싸워 오직 한 번을 승리하는 것으로 무림의 전설이 된 혜우성승.

파계승의 몸으로 온갖 고행(苦行)을 겪다가 결국 소림의 방장(方丈)이 된 파불(破佛).

그리고 밥주걱을 가지고 뛰어나와 수천 명의 적을 물리친 소림사 주방장 이야기 등 두 아이의 밤잠을 설레게 만들었던 그 수많은 전설과 비화의 고향이 바로 소림사가 아니었던가.

그리고 이제 그 소림사를 직접 그들의 눈으로 볼 수 있으니, 담호와 소자양의 심장이 절로 쿵쾅거리는 게 당연했다.

"아, 물론 그 전에."

화군악은 마치 소풍을 앞둔 꼬마들처럼 들뜬 그들에게 경고하듯 말했다.

"구전역형신공은 최소한 한 걸음에 두 번 이상 얼굴을 바꿀 수 있는 수준까지 익혀야 한다. 물론 역용술은 제대로 써먹을 수준까지 끌어올려야 하고."

담호와 소자양은 동시에 소리쳤다.

"물론입니다!"
"명심하겠습니다!"

이틀 후 아침.
그들이 당도한 낙양부의 하늘은 믿어지지 않게도 빗방울 하나 떨어진 흔적이 없는, 그야말로 쾌청하기 그지없는 날씨였다.
"정말 대륙은 넓다니까."
화군악이 감탄하며 말했다.
"거대한 정주 땅이 온통 물바다가 될 듯이 폭우가 쏟아졌는데, 이곳 낙양은 이렇게 비 한 방울 없이 햇볕이 쨍쨍하니 말이지."
아닌 게 아니라 그 대엿새 쏟아졌던 폭우로 인해 지대가 낮은 정주 일대 대부분이 온통 물에 잠겨 물바다가 되었는데, 이곳 낙양부는 맑다 못해 심지어 흙먼지까지 푸석푸석 피어올라 시야가 뿌열 지경이었다.
확실히 대륙은 광활할 정도로 넓었다. 대륙의 어딘가에서는 지금 이곳 낙양과는 달리 눈이 오고 있는 곳도, 여전히 비가 쏟아지는 곳도 있을 터였다.
그 드넓은 대륙에서도 낙양은 다섯 손가락 안에 드는 거대한 성시(城市)였다. 무려 십삼 개 왕조가 도읍으로 삼고, 팔 개 왕조가 제이의 도읍으로 삼았던 성시인 동시에 관중과 하남 지방을 잇는 전략적 거점이기도 했다.

또한 인근 주변에 소림사가 있으며 태극천맹이 있어서 그 어느 성시보다도 많은 무림인이 상주하는 곳이기도 했다.

더불어 거리에는 수천 명의 행인이 바쁜 걸음으로 움직이고, 그들을 상대하기 위해서 활짝 문을 열고 영업하는 객잔과 주루가 성행하는 곳이었다.

화군악 일행은 인근 마장에 들러 말을 판 다음, 가벼운 행장 차림으로 하룻밤 묵을 객잔을 찾기 시작했다.

오랜 여행이, 아니 북경부를 떠난 여행 자체가 처음인 소자양은 모든 게 신기한 듯 연신 주위를 두리번거리며 감탄하고 또 즐거워했다.

그야말로 시골 촌놈 티를 팍팍 내고 있었다.

거리 한쪽에서 누군가 그런 소자양과 화군악 일행의 모습을 주의 깊게 지켜보고 있다가, 그들이 어느 한 객잔으로 들어가는 걸 보고는 곧바로 객잔 현판을 확인했다.

현판에 새겨진 오룡객잔(烏龍客棧)이라는 글씨를 확인한 그자는 이내 골목 안쪽으로 발걸음을 옮겼다.

번화한 거리와는 달리 뒷골목은 구절양장(九折羊腸)처럼 꼬불꼬불 이어져서 마치 미로와도 같았다. 그런데 초행자는 곧바로 길을 잃고 헤맬 정도로 어지러운 그 미로를, 그자는 눈을 감고도 목적지에 갈 수 있다는 듯 빠른 걸음으로 지나쳐 갔다.

그리하여 그자가 도착한 곳은 골목가 사람들을 상대로 일용품을 판매하는 조그만 가게였다.

창살로 가려져서 겨우 손 하나 오갈 수 있는 좁은 판매구 저 안쪽에서 노파가 어기적거리며 나왔다.

"뭐가 필요하누?"

노파가 물었다.

"그들이 도착했습니다."

그자는 엉뚱하게 대답했고, 노파는 개의치 않고 계속해서 물었다.

"몇 개나 필요한데?"

"오룡객잔입니다. 모두 네 명입니다."

"음? 아홉 개가 아니라? 어딘가에서 잘못 주문했나 보군그래. 알았네. 하여튼 네 개가 필요하다고? 내 금세 준비해 둠세."

노파는 끝까지 엉뚱하게 말했다. 그 절묘하게 어긋난 대화를 마친 자는 곧 주위를 둘러보고는 다시 골목 안쪽으로 사라졌다.

노파 또한 판매구 이쪽저쪽을 살펴본 후, 나무판자로 만든 창으로 판매구를 닫았다. 그러고는 여전히 어기적거리는 걸음으로 가게 안쪽의 방으로 걸어 들어갔다.

3. 세 가지 질문

오룡(烏龍)에는 여러 가지 뜻이 있다. 멍청하다, 흐릿하다, 그르치다는 뜻도 있고, 충견(忠犬)이나 차(茶)를 이르는 말이기도 하다.

일반적으로 객잔의 이름을 부정적인 의미로 지을 리 없으니, 오룡객잔의 오룡은 충견이나 차를 뜻하는 단어일 것이다.

그걸 가지고 만해거사와 화군악이 내기를 걸었는데, 결국 둘 다 틀리고 말았다.

"충견이요? 차요? 아닙니다. 단지 우리 객잔 주인 고향이 회빈현(淮濱縣)이어서 오룡객잔이라고 명명한 것뿐입니다."

지배인의 설명에 화군악이 고개를 갸웃거렸다.

"회빈현과 오룡이 무슨 관련이 있다고······."

하지만 만해거사는 이내 "아." 하고 아는 척을 했다. 역시 오래 살아서 듣고 보고 겪은 경험이 화군악보다 세 배는 넘는 만해거사였다.

"회빈현의 옛 지명이 오룡집(烏龍集)이었거든. 오룡이 사는 곳이라는 뜻이지."

"어이쿠. 오룡집을 아시는군요? 낙양의 노인분들조차 잘 모르고 있던데 말입니다. 정말 해박하신 식견을 지니고 계십니다요. 혹시 별호가 만박거사(萬博居士)는 아니실는지요?"

지배인의 과장된 칭찬에 만해거사는 너털웃음을 흘리며 고개를 끄덕였다.

"만박은 무슨. 허허허, 과찬이오. 그저 만박까지는 아니더라도 다른 사람들보다 조금 많이 알고 있을 뿐이오."

"흠, 그러시다면 말입니다."

초로의 지배인은 턱에 손가락을 가져다 대며 입을 열었다.

"혹시 우리 가게에서 가장 귀하고 값비싼 요리가 무엇인지 아시겠습니까? 만약 알아맞히신다면 오늘 점심 식비는 제가 계산합죠."

그러자 구석진 자리에 앉아 있던 소자양이 눈빛을 반짝이며 물었다.

"뭘 시키든 상관없이요?"

"물론입니다. 얼마든지 주문하셔도 제가 내겠습니다."

"호오, 그거 나쁘지 않은데? 문제가 어렵기는 하지만 어쨌든 밑져야 본전이니 말이지."

"아니, 아무리 그래도 저만 손해를 볼 수는 없지 않겠습니까?"

지배인은 화군악의 말에 난처한 표정을 지으며 웃었다.

"만약 여러분께서 지신다면 그때는 그 가장 비싸고 귀하며 맛있는 요리를 주문하기로 하는 건 어떨까요?"

"호오."

화군악과 만해거사는 새롭다는 눈빛으로 저 초로의 지배인을 쳐다보았다.

체구는 작달막했고 온순하고 인자한 인상의 오십 대 후반, 육십 대 초반으로 보이는 늙은이였다.

조곤조곤한 말투와 사람 좋아 보이는 미소만 봐도 저 늙은이가 얼마나 괜찮은 지배인인지 알 수 있었는데, 거기에다가 손님이 기분 나쁘지 않게끔, 아니 외려 손님이 기꺼이 객잔에서 가장 비싼 요리를 주문하게 만드는 능력까지 갖춘 지배인이었다.

만해거사는 가만히 그를 쳐다보다가 유쾌한 표정을 지으며 고개를 끄덕였다.

"좋네. 그리하지. 하지만 지금 조건이라면 아무리 내가 박학다식하더라도 우리에게 불리한 것만큼은 확실하네. 그러니 내가 세 가지를 물어볼 것이니 제대로 대답을 해 주면 정답을 맞혀 보겠네."

"좋습니다."

지배인도 유쾌한 얼굴로 말했다.

"하지만 요리의 이름을 직접 물어보시면……."

"허허허. 그 정도는 양심 문제가 아니겠나? 뒷골목 불량배들도 아니고, 어찌 그런 걸 물어보겠는가?"

"그렇다면야 얼마든지요. 한데 고작 세 가지 질문으로 가능하시겠습니까?"

"물론일세."

만해거사는 거들먹거리며 말했다.

"그럼 시작하겠네?"

"얼마든지 여쭤보십시오."

"흠, 그렇다면 그 요리가 이곳 낙양의 명물 요리인가?"

만해거사의 질문에 지배인은 살짝 고개를 갸웃거리다가 대답했다.

"우리 오룡객잔의 명물 요리인 건 확실하지만, 그렇다고 해서 낙양 전체의 명물 요리하고 하기에는 좀 부족하지 않을까요? 어쨌든 그 요리를 하는 곳이 우리 가게뿐이니 말입니다."

"오직 이곳에서만 그 요리를 하는 이유가 요리 과정이 복잡해서인가? 아니면 요리 재료를 구하기 힘들어서인가?"

"둘 다입니다. 사실 모든 사람이 보고 감탄하거나 고개를 끄덕일 정도로 제대로 된 재료는 한 달에 하나 정도 구할 수 있을까 할 정도로 어렵습니다. 거기에 그 재료를 가지고 원래 모습을 훼손시키지 않은 채 가장 맛있게 조리하는 과정 또한 상당히 섬세한 작업인 데다가 생각보다 많은 심혈과 시간이 필요하거든요."

 담호와 소자양은 서로를 돌아보았다. 그러고는 동시에 고개를 저었다. 지배인의 설명을 듣고서도 생각나는 음식이나 요리가 전혀 없었던 까닭이었다.

 그건 화군악도 마찬가지였다.

 화군악은 지배인의 이야기를 들으면서 지금껏 먹어 보았던 수많은 음식과 요리를 떠올려 보았지만, 막상 그에 걸맞은 요리가 생각나지 않았다.

 기껏해야 악양부의 철갑상어 정도가 떠올랐는데, 그게 그렇게나 구하기 힘든 재료는 또 아니지 않은가.

 하지만 만해거사는 그 두 가지 질문만으로 이미 어느 정도 생각해 둔 것이 있다는 표정을 지으며 고개를 끄덕였다. 그러고는 느긋한 어조로 마지막 질문을 던졌다.

 "그럼 그 요리의 재료가 하늘의 고기인가, 땅의 고기인가, 아니면 물의 고기인가? 그것도 아니라면 채소나 산나물 같은 것인가?"

 "으음, 확실히 예리한 질문이십니다."

 지배인은 허를 찔린 듯 살짝 눈살을 찌푸리며 곰곰이 생각하다가 입을 열었다.

 "확실히 대답하기 곤란한 질문입니다만, 이렇게 말씀드릴 수는 있겠습니다. 외관은 확실히 땅의 고기이지만, 본질은 산에서 나는 야채라고 할 수 있겠습니다."

일순 담호와 소자량은 더욱더 어안이 벙벙해진 얼굴이 되었다.

'고기의 형상을 한 야채라니, 세상에 그런 게 가당키나 한 말인가? 아무래도 이 초로의 지배인이 우리를 속이고 있는 모양이다.'

두 사람은 서로 비슷한 생각을 하면서 지배인을 노려보았다. 하지만 지배인은 여전히 사람 좋은 미소를 띤 채 만해거사를 지켜보고 있었다.

"허허. 이거야 원."

만해거사도 미소를 머금으며 말했다.

"그렇게까지 자세하고 정확하게 말하는 걸 보니 애당초 우리에게 한턱내기로 작정하셨던 게로군그래."

지배인의 눈이 휘둥그레졌다.

"아이쿠! 그렇게 되는 겁니까? 제 나름대로는 모호하게 대답한다고 한 건데 말입니다. 이미 눈치채신 겁니까?"

"허허허. 눈치챘다고 하기에는…… 세상이 아무리 넓다 한들 겉은 뭍의 고기이고, 속은 산의 야채인 요리가 배원두(扒猿頭) 말고 어디 또 있겠소?"

일순 지배인의 휘둥그레진 두 눈이 더욱 커졌다.

"어이쿠, 배원두를 아시다니…… 혹시 드셔 본 적이 있으십니까?"

"허허허. 아니, 먹어 본 적은 없지만 들어 본 적은 있다네. 원숭이 머리와 똑같이 생긴 버섯을 내놓고 사람들을 기겁하게 만드는 아주 심술 맞고 고약한 요리가 있다고 말일세."

만해거사는 어깨를 으쓱거리며 말했다.

"하지만 정작 그 맛은 그 어떤 국보다 맛있고 고기보다 감미로워서 한 번 먹어 본 사람은 계속해서 찾는 요리라고 하더군그래. 그 배원두를 먹어 본 옛 동료들의 말에 따르자면 말일세."

만해거사는 문득 과거를 회상하듯 눈을 지그시 감았다. 혈기방장(血氣方壯)하던 시절, 새로운 것을 보면 참지 못하고 손을 대거나 먹어 봐야 직성이 풀리던 호기심 왕성하던 시절의 젊은 동료들 얼굴이 하나둘씩 주마등처럼 지나쳐 갔다.

하지만 곧 그런 만해거사의 상념을 깨는 목소리가 있었다. 다름 아닌 화군악이었다.

"세상에, 원숭이 머리와 똑같이 생긴 버섯이 있습니까?"

그의 물음에 지배인이 웃으며 대답했다.

"후두고(猴頭菇)라는 버섯입니다. 일반적인 후두고는 손가락 마디 한두 개 정도의 크기에 불과하지만, 만 송이 중 하나 정도로 진짜 원숭이 머리만 한 크기의 후두고가 발견됩니다. 배원두라는 음식이 그걸 가지고 만드는 요리이니 얼마나 구하기 힘들겠습니까?"

사람들은 입을 벌린 채 고개를 끄덕였다. 말만 들어도 얼마나 귀한 요리인지 알 수 있었던 것이었다.

후두고는 겨울에 딴 표고버섯과 그 맛이 비슷한데, 그 수량이 극히 적어서 값비싸고 귀한 식재료였다.

언뜻 보면 노루의 엉덩이처럼도 보여서 노루궁뎅이 버섯이라고도 불리는 이 후두고를 어떻게 요리하느냐에 따라서 원숭이 뇌 요리가 되기도 하고, 원숭이 머리 요리가 되기도 했다.

"좋습니다."

지배인은 아쉬운 듯 혹은 만족한 듯 미묘한 미소를 지으며 입을 열었다.

"거사(居士)께서 문제를 맞히셨으니 오늘 점심은 제가 한턱내겠습니다. 마음껏 드시기 바랍니다."

"아니, 아니죠. 그건."

화군악이 갑자기 딴죽을 걸었다. 지배인과 만해거사의 눈이 커졌다.

"뭐가 아니라는 게냐?"

만해거사의 질문에 화군악이 손가락 세 개를 펴며 말했다.

"분명 만해 사부께서 세 번의 질문만 하신다고 하셨잖습니까?"

"그렇지. 그리고 분명히 세 번만 질문했네."

"맞습니다. 거사께서는 세 번 질문하셨습니다."

만해거사와 지배인이 동시에 고개를 끄덕이며 대답했다.

"과연 그럴까요?"

화군악은 의미심장한 미소를 띤 채 손가락 하나씩을 짚으며 말을 이었다.

"첫 번째 질문은 이 요리가 낙양 명물인가, 라는 것이었습니다."

"그렇지."

"그럼 두 번째 질문은 이 요리가 만들기 어려운 건가? 아니면 구하기 힘든 건가? 라고 하셨고요."

"그렇…… 흐음."

만해거사는 무심코 고개를 끄덕이다가 일순 입을 다물었다. 그제야 비로소 화군악이 말하고자 하는 바를 알아차린 것이었다.

"어, 진짜 그렇군요?"

지배인도 전혀 생각하지 못했다는 얼굴로 말했다.

"그때는 그냥 지나쳤는데, 알고 보니 그게 하나의 질문이 아니라 두 개의 질문이었던 거네요?"

"그렇죠. 그렇기 때문에 만해 사부는 반칙을 한 것이고, 결론적으로 지배인이 승리한 겁니다."

"허어, 이런."

만해거사는 할 말이 없다는 듯 쩝쩝 입맛만 다셨다. 지배인은 연신 고개를 끄덕이다가 웃으며 말했다.

"그래도 어쨌든 배원두를 맞히셨으니, 약속대로 제가 식비를 내겠습니다. 그러니 마음껏 주문하십시오."

만해거사는 잠시 생각하다가 입을 열었다.

"그래도 내가 진 건 확실하니 배원두를 주문하겠네. 그리고 그 식비는 따로 내가 내겠네."

"아이고, 굳이 그러실 것까지는……."

"아니, 꼭 그리해야겠네."

지배인과 만해거사는 몇 번의 실랑이 끝에 결국 서로 한 걸음씩 양보하여 서로의 제안을 따르기로 했다.

소자양과 담호는 두어 가지 요리를 주문했고, 화군악은 대여섯 가지의 음식과 요리를 주문했다. 지배인은 고개를 숙인 후 계산대로 돌아갔다.

"정말 대단한 지배인이네."

화군악이 진심으로 감탄하며 중얼거렸다.

"저렇게 매번 손님을 접대한다면 어찌 단골이 되지 않고 배길 수 있겠어?"

소자양이 가만히 듣다가 도저히 궁금한 걸 참지 못하겠다는 듯이 불쑥 물었다.

"그런데 왜 화 사숙께서는 만해 할아버지의 실수를 짚

으셨던 겁니까? 가만히 계셨다면 무조건 만해 할아버지의 승리로 끝날 일이었는데 말입니다."

아닌 게 아니라 만해거사도 그게 궁금했었는지 귀를 쫑긋거리며 화군악의 대답을 기다렸다.

"별것 아니다."

화군악은 차를 한 모금 마신 후 천천히 입을 열었다.

"단지 만해 사부가 으스대며 자랑하시는 모습을 보기 싫었거든."

"에에?"

만해거사가 황당한 표정을 지으며 물었다.

"겨우 그 정도 일로? 나는 또 정직한 승부란 무엇인가에 대해서 이 아이들에게 가르쳐 주고자 그리한 줄 알았더니, 뭐라고? 내가 잘난 척하는 꼴을 보기 싫어서라고?"

화군악은 어깨를 으쓱거리며 대꾸했다.

"저번에도 자하신녀문을 한눈에 알아본 자신의 탁월한 식견과 박학다식함에 대해서 얼마나 자랑을 늘어놓으셨습니까? 함께 자는 내내 그 자랑을 듣느라 골치가 지끈거릴 정도였다고요."

"허어, 내가 그렇게나 자랑질을 했다고?"

"어때, 너희들은?"

화군악은 담호와 소자양을 돌아보며 물었다. 두 사람은

어떻게 말해야 할지 모르겠다는 표정을 지었다.

만해거사가 침착한 얼굴로 물었다.

"괜찮다. 사실대로 말하거라. 내가 그리 자랑질이 심했더냐?"

두 사람은 미적거리다가 천천히 고개를 끄덕였다.

"허어. 이런."

만해거사의 입에서 탄식이 흘러나올 때였다. 내 말이 맞죠? 하듯 싱글거리며 만해거사를 바라보던 화군악의 표정이 한순간 얼음처럼 굳었다.

마침 만해거사의 등 뒤로 객잔 문이 열리고 한 사람이 걸어 들어왔다.

4장.
오랜만이다

거상(巨商)과 모든 상가(商家)를 연합하여 대륙을 하나로 아우르는 상맹(商盟).
그리하여 모든 물건의 가격을 마음대로 조정할 수 있으며,
또한 상품의 독점 판매와 매입을 통해
한두 성시 정도는 하루아침에 괴멸시킬 수 있는 권능을 지닌 상맹.

오랜만이다

1. 주인 나리

삐거덕.

경첩이 엇갈리며 내는 희미한 소리와 함께 객잔의 문이 열렸다.

삼베옷을 입은 한 사내가 문을 열고 안으로 들어섰다. 이십 대 후반에서 삼십 대 초반으로 보이는, 젊고 유려하며 잘생긴 서생(書生) 차림의 사내였다.

사내는 객잔 입구에 선 채로 쥘부채 한 자루를 들고 습관처럼 손바닥을 두드리며 장내를 둘러보았다.

마침 굳은 듯, 얼어붙은 듯 꼼짝하지 않은 채 자신을 쳐다보던 턱수염 수북한 중년인이 있었지만 사내는 개의

치 않고 계산대로 걸어갔다.

계산대에 있던 초로의 지배인이 그제야 사내를 보고는 깜짝 놀라며 황급히 고개를 조아렸다.

"어쩐 일이십니까, 주인 나리? 이곳 낙양에는 언제 오셨답니까?"

사내는 빙긋 웃으며 말했다.

"소림사에 들렀다가 오는 길이네. 장사는 잘되는지 궁금하기도 하고, 오래간만에 공(工) 지배인 얼굴도 보고 싶고 해서 말일세."

공 지배인은 고개를 조아린 채 말했다.

"장사는 여전히 잘되고 있습니다. 소인도 주인 나리가 얼마나 뵙고 싶었는지 모릅니다. 마지막으로 뵌 지가 벌써 반년이나 흐르지 않았습니까?"

"허어, 벌써 그리되었나? 정말 세월 빠르다니까."

"부상국(扶桑國)에 다녀오신다더니 그 일은 어찌 되었는지요?"

공 지배인의 말에 사내는 살짝 눈살을 찌푸렸다. 그러고는 길게 한숨을 내쉬며 고개를 설레설레 흔들었다.

"망했네."

일순 공 지배인은 저도 모르게 고개를 들어 사내를 쳐다보았다. 주인 나리의 입에서 망했다는 소리가 나왔다는 게 도저히 믿을 수 없다는 눈빛이 담긴 시선이었다.

사내는 어깨를 으쓱거리며 말을 덧붙였다.

"그 원숭이같이 생긴 작자의 속이 워낙 엉큼하고 또 거대해서 말일세. 외려 나를 잡아먹으려 들더군. 그래서 결국 포기하고 말았네."

"그렇게나 거대한 야망을 가진 자가 세상에 또 있었습니까?"

"그러니까 말이지. 아마 모르기는 몰라도 십 년 안에 뭔가 큰일을 벌일 것 같더군. 가령 조선을 정벌하고 이 나라까지 침공한 다음 대륙 전역을 지배하려 들지도 모르겠네."

"허허, 감히 주인 나리가 계시는데 그런 망상이 어찌 성공할 수 있겠습니까?"

"역시, 자네는 언제나 날 높이 평가해 준다니까. 그래서 이곳에 들르면 더 정신을 차리게 되거든. 자네의 평가에 어울리는 사람이 되려고 말이지."

사내는 유쾌한 표정을 지으며 말했다.

공 지배인도 미소를 머금고 그 잘생긴 얼굴을 지켜보다가 문득 사내가 혼자라는 사실을 뒤늦게 깨닫고 눈을 휘둥그레 떴다.

"아니, 어찌 호위들이 한 명도 보이지 않는 겁니까? 사로(四老)와 오희(五姬)는 어디에 있습니까?"

공 지배인이 다급한 어조로 묻자 사내는 재차 유쾌한

오랜만이다 〈117〉

얼굴로 대꾸했다.

"아, 다들 바빠. 그리고 사로 중 천로(天老)와 시로(地老) 두 영감은 미꾸라지들을 쫓느라고 잠시 헤어졌네. 아마 곧 있으면 돌아올 거야."

"미꾸라지요?"

"그래. 소림사에 들렀다가 낙양으로 들어설 때부터 누군가 내 뒤를 따라오더군그래. 그래서 그 미꾸라지를 잡으려고 잠시 헤어졌지."

"허어, 감히 주인 나리의 뒤를 쫓다니. 낙양에 그럴 만한 자들이 누가 있을까요? 설마……."

"그래. 설마가 맞네. 황계가 아니고서야 어찌 내 뒤를 밟는 자들이 있겠나?"

"으음. 재작년에 낙양 지부를 없애버렸는데도 정말 끈질긴 놈들이네요. 아직도 물밑에 숨어서 움직이는 자들이 있다니……."

"황계의 끈질김이야 굳이 말하지 않아도 다 아는 일이 아니겠나? 오히려 상대가 황계라면 그리 걱정할 필요는 없으니까 차라리 황계의 잔당이기를 바라고 있지. 황계가 아닌 다른 조직이라면 사실 더 큰 문제가 되니까."

"으음. 다른 조직이라면 어디를 말씀하시는 것인지요?"

"글쎄."

사내는 미묘하게 웃으며 말을 맺은 다음 곧 화제를 돌렸다.

"참, 황제와 황후가 죽은 건 알고 있지?"

"아, 네. 며칠 전에 방문이 사방에 붙었습니다. 그래서 지금 다들 삼베옷이나 백의로 갈아입느라 가격이 평소보다 세 배는 더 뛰었습니다."

"오룡포당(烏龍布堂)의 대처는?"

"방이 붙기도 전에 미리 그 사실을 관아를 통해 전해 들은 덕분에, 낙양의 모든 포단(布段)과 포목점에서 삼베와 하얀 천을 사들였습니다. 또한 낙양의 모든 염방(染坊)에서 나오는 천 역시 오룡포당에게 납품하기로 계약을 맺었습니다."

염방(染坊)은 곧 천에 물을 들여 여러 가지 색상의 천으로 만드는 작업을 하는 곳이었다.

오룡포당은 그 염방과 계약하여 한동안 천에 물을 들이지 않은 채로 납품하게 하였으니, 그렇게 해서 낙양의 모든 삼베와 백의는 오룡포당이라는 옷집을 통해 판매하게 되었다.

"다른 성시에도 매점매석(買占賣惜)하라고 연락해 둔 상황입니다."

공 지배인의 설명을 가만히 듣던 사내는 고개를 끄덕이며 말했다.

"가격은 계속 폭등할 것이야. 그러니 열 배까지 오르기를 기다렸다가 팔도록 하게. 그 이상 욕심을 부렸다가는 외려 망할 수도 있으니까."

"그리 전하겠습니다. 그런데……."

"그런데?"

"정주에 유난히 눈치 빠른 자가 있어서 우리가 움직이기도 전에 미리 포단과 포목점을 돌아다니며 물건을 매점(買占)한 자가 있어서 말입니다."

"정주? 그가 누구지?"

"백마당의 흥마라고 주인 나리는 모르실, 흑도 나부랭이 중 하나입니다."

공 지배인의 말을 듣자마자 사내의 입가에 묘한 미소가 걸렸다.

"흥마라……. 뭐, 너무 심하게 다루지는 말게. 그들도 먹고살아야 할 테니까 말이지."

공 지배인은 의외의 말을 들었다는 얼굴로 사내를 쳐다보다가 고개를 숙였다.

"네. 그럼 백마당과 흥마는 놔두라고 전하겠습니다."

사내는 어깨를 으쓱거리며 화제를 돌렸다.

"좋아. 그럼 이왕 온 김에 이곳의 명물 요리를 먹고 싶군그래."

사내의 말에 일순 공 지배인의 얼굴이 울상을 지었다.

사내는 눈치 빠르게 고개를 갸웃거리며 물었다.

"음? 왜 그런 표정을 짓나? 설마 재료가 다 떨어진 겐가?"

"그, 그게…… 주인 나리가 이렇게 오실 줄 모르고……."

공 지배인은 조금 전 있었던 내기에 대해서 사내에게 설명했다.

사내는 공 지배인의 이야기를 들으며 힐끗 장내로 시선을 돌렸다.

창가 쪽, 공 지배인과 배원두 요리의 내기를 했다는 무리가 앉아 있었다.

한 명의 노인과 세 명의 중년인이었다. 그리고 조금 전 사내가 객잔에 들어섰을 때 자신과 시선이 마주쳤던 중년인이 앉아 있던 바로 그 자리이기도 했다.

'호오.'

사내는 그제야 비로소 그 중년인의 눈빛이 어딘지 모르게 낯익은 듯한 기분이 들었다. 언제 어디에선가 적어도 한 번 정도는 마주했던 눈빛.

공 지배인은 계속해서 말을 이어 나갔다.

"그렇게 해서 평소 주인 나리를 위해 하나 남겨 두었던 후두고를 사용하게 되었습니다. 아무래도 이삼 일 더 지나면 먹지 못할 정도로 신선도가 떨어져서 말입니다. 그런데 때마침 주인 나리께서 돌아오실 줄은……."

"흠. 괜찮아. 아니, 잘했네."

사내는 창가 쪽 자리에서 시선을 떼지 않은 채 아무렇게나 대꾸했다. 그러고는 무슨 생각이 들었는지 곧 공 대인을 돌아보며 말을 이었다.

"그럼 내 음식도 저 자리로 가지고 오게. 늘 먹고 마시던 걸로 말일세."

공 지배인은 무슨 영문인지 모르겠다는 표정이었지만 이내 고개를 숙이며 말했다.

"그렇게 준비하겠습니다, 나리."

심장이 덜컥 멎는 듯했다.

문을 열고 들어선 사내를 우연히 보게 된 화군악은 그대로 얼음처럼 조각처럼 굳어 버렸다.

잘생긴 서생 차림의 사내는 무의식적으로 장내를 돌아보다가 화군악과 눈이 마주쳤지만 이내 고개를 돌려 지배인과 대화를 나누기 시작했다.

지배인이 고개를 숙인 채 깍듯하게 대하는 걸 보니 아무래도 저 사내가 이곳 흑룡객잔의 주인이거나 그에 버금가는 인물임이 분명했다.

'휴우.'

화군악은 그제야 숨을 내쉴 수 있었다.

마침 역용술로 변장했기에 사내는 화군악을 알아차리

지 못한 것이었다.

 화군악은 곧 정신을 차리고 고개를 돌렸다. 그러고는 천조감응진력을 극한으로 끌어올린 다음, 사내와 지배인의 대화를 엿듣기 시작했다.

 그 대화를 통해 화군악은 많은 걸 알 수 있게 되었다. 우선 지배인의 성이 공씨라는 것과 오룡이라는 명칭을 가진 가게가 이곳 객잔 하나만이 아니라는 사실, 그리고 사내에게 사로와 오희라는 호위들이 있다는 것까지 알게 되었다.

 더불어 황계의 낙양 지부가 사내의 수하들에 의해 괴멸당했다는 것까지 알 수가 있었다.

 화군악은 고개를 숙인 채 속으로 중얼거렸다.

 '역시 천하의 종리군이로군, 친구.'

 그랬다.

 저 잘생긴 서생 차림의 청년은 다름 아닌 종리군이었다. 화군악처럼 변장이나 역용을 하지 않은 원래의 모습 그대로 세상을 활보하고 다니는 종리군이었다.

 놀랍게도 거의 십 년 가까운 세월이 흐른 지금에도 예전과 하나도 달라지지 않은, 그래서 어쩌면 이십 대 초반으로도 보이는 깨끗하고 투명한 피부의 종리군 그대로였다.

 화군악은 행여라도 시선이 다시 마주칠까 고개를 돌린

채 계속해서 속으로 중얼거렸다.

'쉬지 않고 새외팔천을 돌아나니는 와중에도 이렇게 국내에 버젓한 기반을 만들다니. 물론 낙양뿐만이 아니겠지? 대륙 전역 거대한 성시와 도읍은 물론, 어지간한 현까지 모두 네 녀석의 수하들과 상점이 자리를 잡고 있겠지?'

화군악은 진심으로 감탄했다.

종리군의 천하 제패라는 야망과는 별개로 과거 그가 금해가의 가주 초운방에게 진언했던 그 엄청난 계획을, 지금 녀석 혼자서 차근차근 만들어 나가고 있는 것이었다.

거상(巨商)과 모든 상가(商家)를 연합하여 대륙을 하나로 아우르는 상맹(商盟).

그리하여 모든 물건의 가격을 마음대로 조정할 수 있으며, 또한 상품의 독점 판매와 매입을 통해 한두 성시 정도는 하루아침에 괴멸시킬 수 있는 권능을 지닌 상맹.

세상은 칼이나 주먹이 아닌, 법이나 행정이 아닌, 오로지 돈으로 지배하고 지배된다는 사실을 입증하는 상맹.

종리군은 처음부터 그런 상맹을 만들어 천하를 제 발아래 두고 휘어잡으려 했었다.

그 첫걸음이 금해가의 데릴사위가 되는 것이었는데, 안타깝게도 화군악과 설벽린 등의 방해 공작으로 인해 첫 걸음을 내딛기도 전에 동정호 깊은 물속에 잠겨 자취를 감추고 말았다. 그게 벌써 칠팔 년 전의 일이었다.

'전혀 변하지 않았구나, 아군(阿君).'

화군악은 속으로 종리군의 아명(兒名)을 불러 보았다. 확실히 그립고도 반가운 이름이었다.

비록 그에게 철저하게 배신을 당하기는 했지만, 또 이미 그만큼 철저하게 갚아 준 상태이기도 했다. 그러니 솔직히 말한다면 화군악에게 있어서 종리군은 증오의 대상이거나 복수의 대상이 아니었다.

외려 술 한잔 걸치면서 그간의 안부를 묻고 무슨 일을 했었는지 이야기를 주고받고 싶은, 그런 상대가 바로 종리군이었다.

그래서 늘 종리군 이야기가 나올 때면 언제나 화군악은 기꺼이 그 이야기를 들었다. 활짝 웃는 낯으로, 즐거워하면서 종리군의 근황을 들었다.

물론 사람들은 그 웃음과 즐거워하는 모습을 보고 '증오가 극에 달하면 저렇게 웃을 수 있는 거지.'하고 착각했다.

하지만 그건 확실히 사람들의 착각이고, 오해였다. 화군악은 진심으로 종리군의 소식을 듣는 걸 좋아했다.

그런 종리군을 이렇게 우연히 직접 만나게 된 것이었다. 화군악이 놀라고 당황하는 건 당연한 일이었다.

그때였다.

공 지배인과 대화를 끝낸 종리군이 화군악이 앉아 있는

창가 쪽 자리로 걸어오기 시작했다. 비록 고개를 돌리고 있었지만 화군악은 그 모든 기척을 감지할 수 있었다.

'나란 걸 알아차린 걸까?'

아니면 우리에게 빼앗긴 배원두라는 요리 때문일까.

화군악이 살짝 혼란스러워할 때였다. 어느새 가까이 다가온 사내, 종리군이 부드러운 목소리로 화군악 일행에게 말을 걸어왔다.

"실례합니다만."

사람들이 일제히 그를 돌아보았다.

2. 고향이 어디시오?

"허어, 정말 지독한 놈들이군그래."

키 큰 노인이 말했다.

"겨우 몇 마디 물어보려고 잡았더니 아예 혀를 물고 자결까지 하네. 그것참, 이렇게나 자신의 조직에 충성스러운 작자들이 또 있을 줄이야."

"그러니 말일세."

뚱보 노인이 고개를 끄덕이며 말을 받았다.

"이 정도로 조직에 충성하고 주인 나리에게 목숨을 바칠 수 있는 자들은 오직 우리 말고는 없을 거라고 생각했는데."

"아니, 아무리 그래도 이 녀석들보다는 우리가 더 충성스럽지. 우리라면 이렇게 잡히기 전에 벌써 자결했을걸?"

"호오. 자네는 잡혀서 고문을 당하는 상상을 하나 보네? 나는 외려 우리를 쫓던 놈들을 역으로 잡아서 고문할 생각을 했는데 말이지."

"아니, 말이 그렇다는 거지. 당연히 우리를 잡아서 고문할 정도의 실력을 지닌 자가 세상에 어디 있다는 말인가?"

"그렇지? 나는 또 자네가 요즘 왠지 모르게 나약해진 게 아닐까 생각했거든."

"허어. 사람 볼 줄 모르네, 이 친구. 태어나서 지금껏 그 누구에게도 허리를 굽혀 본 적이 없는 나일세. 그런데 나약해지기는 무슨 나약해져?"

"또, 또 거짓말하네. 분명 자네, 총사를 만났을 때 허리를 굽혔잖은가, 나와 같이?"

"아, 그야…… 총사는 빼야지. 인외(人外)는 제외하고, 사람끼리 말일세. 사람끼리 부딪쳤을 때 나는 지금껏 그 누구와 부딪쳤어도 고개를 숙이지 않았네. 심지어 저 금강철마존 앞에서도 허리를 굽히지 않은 자가 바로 나일세."

"흐음, 뭐 그건 인정하지. 어쨌거나 이제 어떡한담? 쥐

오랜만이다 〈127〉

새끼들 몇 마리를 고문하다가 다른 쥐새끼들은 모조리 놔줬으니까. 그렇다고 이제 와서 놔줬던 쥐새끼들을 뒤쫓을 수도 없는 노릇이고."

"뭐, 어쩌겠는가? 돌아가야지. 총사는 지금 오룡객잔에서 배원두를 드시고 계실 게야."

"모쪼록 배원두가 맛있어야 할 텐데. 사실 나는 우리 총사가 웃을 때 제일 무섭거든."

"흐음. 그건 나도 마찬가지일세. 총사가 웃으면서 나를 볼 때면 그야말로 온몸이 사시나무처럼 떨리니까 말이지."

"그럼 이 시신들을 빠르게 정리하고 얼른 돌아가세. 그래도 배원두를 드실 때만큼은 진심으로 기분이 좋으실 테니까 말일세."

키 큰 노인과 뚱보 노인은 그런 이야기를 주고받으며 세 구의 시신을 끌고 숲 안쪽으로 들어갔다.

* * *

종리군은 웃고 있었다.

만해거사도 웃으며 그에게 말을 걸었다.

"이곳 오룡객잔의 주인이 이렇게 젊으신 분이었다니 정말 대단하시구려. 얼마나 뛰어난 수완을 지니셨기에 그 나이에 이런 고급 객잔의 주인이 되신 거요?"

"과찬이십니다. 그저 운이 좋았을 뿐입니다."

종리군은 만면에 미소를 머금은 채 만해거사와 세 명의 중년인으로 분장한 화군악, 소자양, 그리고 담호를 천천히 둘러보았다.

그의 표정만으로는 그 세 중년인 중 한 명이 화군악임을 이미 알아차렸는지 그렇지 않은지 도저히 알 수가 없었다.

종리군이 다시 입을 열었다.

"그럼 편히들 쉬십시오. 아, 제 자랑 같기는 하지만 이곳 오룡객잔의 음식은 낙양에서도 세 손가락 안에 들 정도로 대단합니다. 부디 천천히 즐겨 주시기 바랍니다."

종리군이 그렇게 말하고 자리에서 일어서려 할 때였다. 마침 공 지배인이 몇몇 점소이들과 함께 탁자로 다가왔다. 점소이들은 양손 가득 요리 그릇들을 들고 있었는데, 그중 절반 정도가 화군악 일행이 주문한 요리들이었다.

공 지배인은 종리군이 일어서는 모습을 보고 살짝 당황한 듯 말했다.

"손님들과 즐겁게 대화를 나누시는 모습을 보고 주인 나리의 식사도 이곳으로 가지고 왔는데, 제가 너무 성급했던 모양입니다."

그러자 만해거사가 손을 저으며 말했다.

"아니네. 잘하셨네. 예서 함께 식사하실 게야. 안 그렇소, 주인장?"

 종리군이 미소를 지으며 되물었다.

 "그래도 괜찮겠습니까? 편히 식사하시는데 제가 괜히 끼어드는 것 같아서……."

 "허허, 괜찮소. 집을 나서면 모두 친구가 아니오? 게다가 이런 젊은 주인장과 인연을 맺어 둔 덕분에 좋은 일이 생길지 누가 아오?"

 "하하, 그렇게까지 말씀하시는데 제가 거절하면 그야말로 무례를 저지르는 일이 되겠군요. 알겠습니다."

 종리군이 다시 자리에 앉았다.

 공 지배인은 그제야 비로소 부드러운 미소를 지으며 종리군의 앞자리에 요리들을 배치했다.

 순간 장내가 웅성거렸다. 한 명의 점소이가 커다란 그릇을 가지고 장내를 가로질러 오는데, 그 그릇 위에 원숭이 머리가 담겨 있었던 것이었다.

 담호와 소자양은 그 원숭이 머리를 보고는 깜짝 놀랐다. 미리 들어 알고는 있었지만, 버섯이라고 하기에는 너무나도 원숭이 머리를 빼닮았던 까닭이었다.

 하지만 탁자 위에 내려진 원숭이 머리를 자세히 보자, 비로소 원숭이 머리처럼 보이는 버섯임을 알게 되었다.

 담호와 소자양은 그제야 겨우 안도의 한숨을 내쉴 수가 있었다.

종리군이 빙긋 웃으며 이야기했다.

"이 후두고는 만 송이 중 하나 있을까 하는 희귀종으로, 어지간한 단골도 몇 달 전에 예약하지 않으면 맛볼 수가 없는 귀한 요리입니다."

만해거사가 눈을 휘둥그레 뜬 채로 말했다.

"그런 귀한 요리를 뜨내기손님인 우리에게 이렇게 내놓으시다니, 도대체 이곳 지배인의 배포가 얼마나 대단한지 모르겠구려."

"하하. 그러니까 말입니다. 아무래도 우리 공 지배인이 여러분을 반드시 단골로 모셔야겠다고 생각한 모양입니다."

"허어, 그렇게까지 대단한 사람이 아니오만."

"아닙니다. 사실 이곳 오룡객잔이 낙양의 다른 객잔에는 없는 세 가지가 있거든요. 그중 하나가 바로 이 배원두라는 요리이고, 또 다른 하나가 공 대인이랍니다. 공 대인의 탁월한 능력이 아니었더라면 제 가게가 이렇게까지 성장할 수가 없었으니까요."

"호오. 그렇다면 마지막 하나는 또 무엇이오?"

"그건……."

종리군은 문득 묘한 미소를 지으며 입을 다물었다. 그러고는 천천히 차를 따르며 조용히 말했다.

"우리 객잔에서 하룻밤 묵고 나시면 알게 될 겁니다."

"오호, 그렇구려. 그럼 내일 아침에는 그 나머지 하나가 무엇인지 알게 되겠구려?"

만해거사는 흥미롭다는 듯 눈을 반짝이며 말했다. 종리군은 고개를 끄덕이며 웃고는 이내 두 손을 들어 사람들에게 식사를 종용했다.

"자, 다들 식기 전에 드십시다. 특히 배원두가 식으면 정말 맛이 열 배, 스무 배 떨어지거든요."

"그렇소이까?"

만해거사는 서둘러 젓가락을 들고는 원숭이 머리처럼 생긴 버섯을 뜯어 먹기 시작했다. 이내 만해거사의 눈이 커졌다. 그는 연신 고개를 끄덕이며 화군악과 담호, 소자양을 둘러보고는 어서 먹어 보라고 시늉했다.

그 꺼림칙한 모습 때문에 쉽게 젓가락을 집지 못하던 담호와 소자양도 만해거사의 표정을 보고는 용기를 내서 한 젓가락씩 입에 넣었다. 동시에 그들 또한 만해거사와 같은 얼굴, 표정을 지었다.

화군악은 천천히 젓가락을 놀려 버섯 한 점을 입에 넣었다. 일순 입안 가득 향미(香味)와 육즙(肉汁) 같은 것이 동시에 터졌다. 실로 황홀할 정도로 뛰어난 맛이었다.

"와아. 정말 맛있구나."

화군악은 저도 모르게 진심으로 감탄하며 고개를 끄덕였다. 종리군이 흐뭇한 눈길로 지켜보다가 불쑥 화군악을 향해 입을 열어 물었다.

"어떻습니까? 그간 먹어 본 사천(四川)의 그 어떤 음식보다도 맛있지 않습니까?"

"아, 그렇구려. 확실히 맛있소. 확실히 사천 땅의 그 어떤 음식보다…… 흐음, 내가 사천 사람이라는 걸 어찌 아셨소?"

화군악은 살짝 눈살을 찌푸리며 물었다.

"사천 특유의 발음이 묻어나시더군요, 그 목소리에서 말입니다."

"맞소. 확실히 나는 어린 시절을 사천에서 보냈소. 지금이야 전국 대륙을 유랑하는 떠돌이에 불과하지만."

화군악은 어깨를 으쓱이고는 되려 종리군에게 질문을 던졌다.

"한데 주인장 목소리에서도 왠지 사천 특유의 발음이 묻어나는 것 같은데…… 고향이 원래 하남 회빈현이라고 하지 않았소? 회빈현의 옛 지명인 오룡집을 따서 오룡객잔이라고 했다고 하던데 말이오."

"음?"

종리군은 저도 모르게 고개를 돌려 공 지배인을 쳐다보았다.

공 지배인은 어느새 계산대로 돌아가서 다른 손님들의 계산을 받고 있었다. 종리군은 가볍게 눈살을 찌푸린 다음, 피식 웃는 낯으로 화군악을 돌아보며 입을 열었다.

"아마 재미있자고 해서 한 말인 것 같습니다. 저는 오룡집, 회빈현과는 전혀 무관한 곳에서 나고 자랐습니다."

"음?"

이번에는 만해거사가 살짝 놀란 표정을 지으며 물었다.

"그렇다면 오룡객잔의 오룡이 오룡집과는 아무런 상관이 없단 말이오?"

"네. 그저 날 배신하지 않고 충심으로 따르는 이들이 있어야만 성공할 수 있다, 그런 생각에서 오룡이라는 이름을 객잔에 붙인 겁니다."

종리군은 문득 생각난 바가 있다는 듯이 씨익 웃으며 말을 덧붙였다.

"하지만 정작 이곳에서 일하는 사람들이 듣기에는 아무래도 좋지 않은 뜻이겠지요? 자신들을 충견이라고 생각하는 주인이라니 말입니다. 하하하, 아마 그래서 공 지배인이 그나마 더 유쾌하고 재미있게 이야기를 바꾼 모양입니다."

종리군은 미소를 지으며 그렇게 말했다.

확실히 오룡이라는 단어의 뜻에는 충심이나 충견(忠犬) 같은 의미가 있었다.

그러니까 좋은 뜻으로 새기자면 한없이 좋게 들릴 수도 있지만, 반대로 나쁘게 생각하자면 역시 한없이 나쁘게 생각할 수도 있는 단어인 셈이었다.

"그럼 주인장의 고향이 어디시오?"

화군악이 물었다.

만해거사는 그게 뭐가 그리 중요해서 자꾸 묻느냐는 표정을 지으며 화군악을 바라보았지만, 화군악은 오로지 종리군의 얼굴만을 뚫어지듯 쳐다보고 있었다.

종리군은 어깨를 으쓱하며 말했다.

"태어나기를 시장통 쓰레기더미에서 태어나고 자라서 따로 고향이고 뭐고 할 곳도 없는 그런 천한 몸입니다. 오로지 살아남기 위해서 아등바등 독종(毒種)으로 지내다가 우연히 좋은 사부 한 분을 모시게 된 인연으로 이렇게 자랄 수 있었습니다."

화군악의 분장한 얼굴이 딱딱하게 굳어졌다. 그게 전부가 아니었다. 그 분장 안쪽의 표정은 그야말로 형용할 수 없을 정도로 일그러져 있었다.

'종리군, 이 자식. 일부러 난 줄 알고 그리 말하는 게냐? 아니면 평소 그런 식으로 내 내력(來歷)을 네 것처럼 사용하고 다니는 것이냐?'

아닌 게 아니라 지금 종리군의 이야기는 화군악이 살아왔던 자취, 그대로였다. 그리고 화군악이 살아온 자취는 만해거사는 물론 담호도 익히 잘 알고 있었다.

그래서였다. 종리군의 이야기를 듣는 동안 만해거사와

담호의 얼굴 역시 화군악의 그것처럼 딱딱하게 굳어진 까닭은.

그때였다. 다시 객잔 문이 삐거덕거리는 희미한 소리를 내며 열렸다.

종리군이 문득 혀를 차며 중얼거렸다.

"경첩에 기름 좀 발라야겠군그래."

화군악은 종리군의 어깨 너머로 문 쪽 상황을 바라보았다.

두 명의 키가 크거나 뚱뚱한 노인이 공 지배인과 잠깐 이야기를 나누는가 싶더니 이내 종리군이 앉아 있는 자리로 걸어왔다.

"다녀왔습니다."

두 노인이 공손하게 허리를 숙이며 말했다. 종리군은 화군악과 만해거사에게서 시선을 떼지 않은 채 말했다.

"고생들 하셨습니다. 이야기는 잠시 후에 나누기로 하죠. 지금은 이 손님들과 대화를 나누던 참이라."

"알겠습니다."

두 노인은 주위를 둘러보고는 자리가 빈 탁자로 걸어가 앉았다.

화군악은 그들 두 노인이 객잔에 들어올 때부터 빈 탁자에 앉을 때까지 주먹을 불끈 쥐고 있었다.

노인들이 돌아다니며 뿌리는 살기가 얼마나 지독하고

투기가 얼마나 강렬한지, 저도 모르게 그에 호응하여 끓어오르는 살기와 투기를 가라앉히기 위한 행동이었다.

3. 종리군이잖아요

'저자들이 아까 공 지배인이 이야기했던 사로(四老) 중 둘인 모양이로구나.'

화군악은 노인들을 훑어보다가 문득 유랑객잔의 저귀로부터 들은 이야기를 떠올렸다.

당시 유랑객잔을 찾아왔던 종리군의 주위에는 세 명의 아름다운 여인과 두 명의 말 없고 음침해 보이던 노인이 있었다고 했다.

당시의 그 노인들은 지금 저 수다스러운 두 노인과는 전혀 다른 인물인 게 분명했고, 그렇게 네 명의 노인을 가리켜 사로라고 부르는 게 틀림없었다.

'그렇다면 당시 세 명의 미녀와 더불어 두 명의 미녀를 합쳐서 오희라고 하겠군.'

화군악은 계속해서 저귀의 이야기를 기억했다.

당시 세 명의 미녀를 각각 상의와 상희, 항아라고 부르며 그 말이 없고 음침했던 노인들은 각각 일로(一老)와 월로(月老)라고 부른다고 했던 기억이 떠올랐다.

'설마 일월천지(日月天地)의 사로일까?'

화군악은 문득 그런 생각을 떠올리면서 입을 열었다.

"키 큰 노인이 천로(天老)이고, 뚱뚱한 노인이 지로(地老)이겠구려?"

막 음식을 집던 종리군의 젓가락이 우뚝 멈췄다. 동시에 두어 탁자 떨어진 탁자에 자리를 잡았던 두 노인이 벼락처럼 고개를 돌려 화군악을 노려보았다.

화군악은 어깨를 으쓱거리며 말을 이었다.

"키가 하늘에 닿을 것처럼 크니 천로일 것이고, 몸이 땅을 뒤덮을 정도로 뚱뚱하니 지로라고 불릴 것 같은데…… 그렇지 않소?"

일순 가만히 화군악을 바라보던 종리군이 문득 빙긋 웃으며 고개를 끄덕였다.

"하하하. 아무래도 내 작명 솜씨가 생각보다 형편이 없나 봅니다. 이렇게나 쉽게 그 속내가 간파당하다니 말입니다."

종리군은 그렇게 웃다가 문득 정색하며 화군악에게 물었다.

"그런데 말입니다. 저와 어디서 인사를 나눈 적이 있지 않습니까? 왠지 그 눈빛이 어디에서 본 듯해서 말입니다."

'진짜로 나를 알아보지 못하는 건가? 아니면…….'

약간의 실망감이 화군악의 뇌리를 스치고 지나갔다. 하지만 화군악은 이내 생각을 바꿨다.

'아니다. 녀석은 그렇게 단순하지 않다. 놈의 속은 열 길이 넘고, 수십 개의 끈으로 꼬아 놓은 것처럼 복잡하다. 절대 방심하면 안 된다.'

화군악은 고개를 갸웃거리며 되물었다.

"한 번 본 사람 얼굴 정도는 반드시 기억하실 분 같은데…… 그런 내 생각이 틀렸소?"

"아니, 그러니까 이상하다는 겁니다. 이번에도 제 자랑 같지만 확실히 저는 손님 말씀대로 한 번이라도 만나서 대화를 나눈 사람이라면 절대 잊지 않거든요. 그런데……."

"그럼 나는 주인장과 한 번이라도 만나서 대화를 나눈 적이 없는 모양이구려. 그렇지 않소?"

"흐음. 확실히 그렇겠군요. 아무래도 제가 잘못 본 모양입니다. 부디 제 무례를 용서하시기 바랍니다."

"용서라고 할 것까지야. 정 죄송하다고 생각된다면 주인장께서 이 식사비를 내주셔도 되오만……."

"아, 그 정도로 용서해 주신다면야."

종리군은 활짝 웃으며 공 지배인을 불렀다. 자초지종을 들은 공 지배인이 난감한 표정을 지으며 말했다.

"실은 이곳 식사비는 제가 계산하기로 되어 있어서……."

"음? 그럼 내가 내는 것으로 하지. 배원두까지 말이야."

종리군은 그렇게 말하고 공 지배인을 돌려보냈다. 화군악은 그 광경을 물끄러미 지켜보며 감탄했다.

'모르는 사람이 보았더라면 정말 감쪽같이 속아 넘어갈 연기력들이라니까. 이미 조금 전 계산대 앞에서 공 지배인에게 모든 이야기를 다 들어 놓고서도 저렇게 시치미를 뚝 떼다니 말이지.'

종리군을 지켜보면 볼수록 화군악은 자신이 어떻게 뒤통수를 맞고 그에게 배신을 당했는지, 그렇게 당하는 동안 왜 아무것도 눈치채지 못했는지 알 것 같았다.

화군악이나 강만리를 비롯한 무림오적도 사람을 속이고 자신의 표정을 감추는 데에는 일가견이 있지만, 저 종리군 앞에서는 조족지혈(鳥足之血)과도 같았다.

직접 만나서 대화만 나눌 수 있다면 심지어 옥황상제(玉皇上帝)나 염라대왕(閻羅大王)까지 속일 수 있는 자가 바로 종리군이었다.

이윽고 만찬과도 같은 호화로운 점심 식사가 끝났다.

음식들이 많고 식사 시간은 길었지만 절대 지루하지 않았다. 음식이 하나같이 맛있었던 데다가 종리군의 뛰어난 화술 덕분에 사람들은 시간이 어떻게 흐르는지 잊어버렸다.

특히 강호초출인 소자양은 종리군의 말 한마디, 한마디

에 흠뻑 빠져들어서, 식사가 끝날 무렵에는 존경 가득한 눈빛과 표정으로 종리군을 우러러볼 정도였다.

반면 담호는 사뭇 달랐다.

담호는 종리군이 시골 장터의 쓰레기더미에서 태어나고 자랐다는 이야기를 할 때부터 표정이 달라지더니, 그 후로는 뭔가 관찰하듯 혹은 가부(可否)를 가리듯 종리군의 이야기를 듣고 있었다.

만해거사는 그도 저도 아니었다.

종리군의 이야기 중 감탄할 부분이 있으면 "오오! 그렇구려." 하며 감탄했고, 웃을 내용이 있으면 적당하게 맞장구를 치며 웃었다.

하지만 그는 단 한 번도 진심으로 종리군의 이야기에 빠져들지는 않았다.

화군악이야 따로 이야기할 필요가 없었다.

그는 근 십 년 만에 만나는 옛 친구의 얼굴을 보느라 그의 목소리를 듣느라 다른 건 하나도 신경 쓰지 않았다. 가끔씩 천로와 지로가 자신을 노려보는 시선을 느낄 때도 있었지만 화군악은 오롯하게 종리군만을 바라보았다.

그렇게 시간이 흘러 식사가 끝난 후 종리군이 자리에서 일어났다.

"너무 시간을 빼앗은 모양입니다."

"아니오. 정말 주인장의 해박한 지식에 감탄하고 또 감탄했소."

 만해거사도 자리에서 일어나며 말했다. 화군악도 자리에서 일어나자 담호와 소자양도 눈치를 보며 함께 일어섰다.

 화군악이 종리군을 향해 물었다.

 "참, 지금껏 이름을 듣지 못했는데 성함이 어찌 되시오?"

 종리군이 웃으며 말했다.

 "그저 오룡서생(烏龍書生)이라고 불러 주시면 됩니다. 참, 저 역시 대협의 함자(銜字)를 듣지 못해서……."

 화군악이 웃으며 말했다.

 "종리 모(某)라고 하오."

 "아, 원래 종리 대협이셨군요."

 종리군은 표정 변화 하나 없이 웃는 낯으로 말했다.

 "이렇게 인연을 맺게 되었으니 언제든지 찾아와 주십시오. 기꺼이 반기고 환영하겠습니다."

 "그럽시다."

 화군악이 자리를 떠나 객잔 밖으로 걸음을 옮겼다.

 종리군은 화군악이 지나치기 수월하게 옆으로 비켜서며 소곤거렸다.

 "오랜만이다, 친구."

 누구에게도 들리지 않을 정도로 나지막하고 희미한 목소리였다.

 화군악은 태연하게 그의 곁을 스쳐 지나가며 말했다.

역시 바로 뒤에서 따라오는 만해거사에게도 들리지 않을 정도의 미미한 목소리였다.

"오랜만이다, 배신자."

풋.

이미 지나친 등 뒤에서 종리군이 웃는 듯한 소리가 들렸다.

화군악은 아무런 대응 없이 그대로 대청을 가로질러서 별채로 이어지는 후문을 향해 걸어갔다. 등 뒤에서 만해거사와 종리군이, 담호와 소자양이 종리군과 나누는 인사말들이 들려왔다.

후문 밖으로 걸어 나온 화군악은 그제야 걸음을 멈춘 후 하늘을 우러러보았다.

괜히 원망스러울 정도로 한없이 맑게 갠 하늘이었다. 화군악은 그 하늘을 향해 뭔가 속에서 썩어 가고 있는 것들을 분노처럼 증오처럼 소리쳐 내뱉고 싶었다.

하지만 언제 그런 생각을 했느냐는 듯이 화군악은 여전히 무표정한 얼굴로 뒤를 돌아보았다.

그곳에 종리군이 우뚝 서 있었다.

* * *

"아니, 거절하지 마시고…… 이렇게 맺은 인연을 기념

하기 위한 선물입니다. 부디 받아 주셨으면 합니다."

종리군이 허리까지 숙이며 말하자 만해거사는 난감하여 더는 거절할 수가 없었다.

"알겠소. 그러니 얼른 허리를 펴시오."

종리군이 반색하며 말했다.

"그럼 세 분께서는 여기에서 잠시 기다려 주십시오. 제가 직접 그 술을 가지고 오겠습니다."

종리군은 그렇게 말한 후 후문 쪽으로 성큼성큼 걸어갔다.

그를 기다리느라 만해거사와 담호, 소자양이 졸지에 대청 한가운데에서 우두커니 서 있게 되자, 공 지배인이 빠르게 계산대에서 걸어 나와 한쪽 빈자리로 그들을 안내했다.

"예서 차를 마시며 잠시만 기다려 주십시오. 후문 밖에 술 창고가 있으니 금방 돌아오실 겁니다."

공 지배인은 만해거사나 담호가 다른 소리를 하기도 전에 인원수대로 찻잔을 준비해서 차를 내왔다.

결국 세 명의 노소(老少)는 그렇게 탁자에 앉아서 차를 마시게 되었다.

"화 사숙도 불러올까요? 차도 맛있는데요."

소자양이 형편 좋은 소리를 하자, 담호가 살짝 눈살을 찌푸리고는 만해거사를 향해 물었다.

"화 숙부는 괜찮으시겠죠?"

"으음. 뭐가?"

만해거사는 눈을 지그시 감은 채 차 향기를 음미하다가 담호를 돌아보며 되물었다. 담호는 살짝 놀란 표정을 지으며 재차 물었다.

"설마, 만해 할아버지도 눈치채지 못하신 건가요?"

"허어, 뭘 눈치채지 못했다고?"

"그 오룡서생 말이에요."

"그래, 오룡서생."

"바로 그가 종리군이잖아요."

"음?"

"뭐라고?"

담호의 말에 만해거사와 소자양이 깜짝 놀라 소리쳤다. 이미 점심때가 지나서 몇 자리밖에 없는 손님들도 깜짝 놀라서 그들을 돌아보았다.

특히 만해거사 일행을 노려보는 천로와 지로의 표정은 심지어 험상궂기까지 했다.

만해거사는 손님들에게 미안하다는 표정을 지으며 사과한 후 곧 목소리를 최대한 낮추며 물었다.

"왜 오룡서생이 종리군이라고 생각했느냐?"

"그야······."

담호는 자신이 생각하고 의심했던 바에 대해서 이야기했다.

"우선 그가 화 숙부의 과거를 너무나도 잘 알고 있었으니까요. 자신의 내력이라고 이야기했던 모든 내용이 애당초 화 숙부의 내력이었잖아요."

"어라? 진짜?"

소자양이 전혀 상상조차 하지 못했다는 듯이 놀란 얼굴로 물었다.

"그게 오룡서생의 내력이 아니라 화 사숙의 내력이었어?"

"네. 화 숙부께서는 시골 장터 쓰레기 더미에서 나고 자라셨어요. 그리고 우연히 사부, 그러니까 야래향 할머니를 만난 덕분에 그곳에서 벗어날 수도 있게 되었고요. 괘씸하고 악랄하게도 오룡서생은 그 모든 걸 자신의 것처럼 이야기했어요."

"이런……."

소자양은 두 손으로 제 머리를 감싸 쥐었다.

"그렇다면 화 사숙도 이미 그자가 종리군이라는 사실을 아셨을 거 아냐?"

"그러니까요."

담호가 고개를 끄덕이며 말했다.

"그래서 굳이 자신의 성씨를 종리라고 말하셨던 거예요. 종리군이 어떻게 대응하나 보기 위해서요."

"아아, 그래서 종리 모라고 대답하셨구나. 나는 왜 또 갑자기 미리 정했던 손(孫)씨를 사용하지 않고 종리씨를 사용하나 했지."

소자양은 그제야 이해가 간다는 듯이 고개를 끄덕였다.

"흐음."

가만히 듣고만 있던 만해거사가 신음을 흘리며 입을 열었다.

"안 그래도 수상쩍기는 했다만 그렇다고 오룡서생이 종리군이라는 생각은 차마 하지 못했다."

그렇게 말하는 만해거사는 여전히 믿어지지 않는다는 표정을 짓고 있었다.

"아무리 외나무다리에서 원수를 만난다고 해도 이렇게 군악과 종리군이 서로 우연찮게 마주할 줄은 꿈에도 꾸지 못했으니까."

"그건 종리군도 마찬가지였을 겁니다."

담호는 힐끗 후문 쪽을 바라보며 말을 이었다.

"그러니까 화 숙부의 분장이 의심스러웠더라도 화 숙부가 누구인지 쉽게 떠올리지 못했겠죠. 아까 그 눈빛 운운했을 때는 제 심장이 얼마나 두근거렸는지 몰라요."

"흐음. 이것 참. 이 나이 먹고서도 어찌 너보다도 눈썰미가 부족한지 모르겠구나."

만해거사의 한탄에 소자양이 고개를 흔들며 말했다.

"아뇨. 그게 중요한 게 아니잖아요? 만약 오룡서생이 진짜 종리군이라면…… 우리가 이렇게 가만히 앉아 있어도 될까요? 당장 쫓아가서 화 사숙과 함께 놈을……."

"그건 아니에요, 소 형님."

담호가 고개를 저었다.

"아까 자리를 잡았던 저 두 노인만 하더라도 우리가 쉽게 감당하기 힘들 거거든요. 게다가 이곳은 어쨌거나 종리군의 본진(本陣), 그러니 우리는 최대한 안전하게 이곳을 빠져나가는 데 집중해야만 해요. 물론 화 숙부도 그렇게 생각하실 거고요."

담호는 그렇게 말을 맺은 후 속으로 중얼거렸다.

'종리군 역시 그렇게 생각할 겁니다.'

5장.
총각지교(總角之交)

그렇게 두 사람은 서로를 바라보며 유쾌하게 웃기 시작했다.
한없이 밝고 즐거운 그들의 웃음소리는 곧 객잔 안,
숨죽인 채 그 결과를 기다리던 담호의 귀에까지 전해졌다.
잔뜩 긴장하고 있던 담호의 눈이 휘둥그레지는 순간이었다.

총각지교(總角之交)

1. 살기와도 같은 한기

 무슨 이야기를 해야 할까.
 말부터 해야 할까, 주먹이 먼저여야 할까.
 화군악은 가만히 종리군을 바라보았다. 문득 그에게 배신당했던 바로 그날의 기억이 떠올랐다.
 그때 종리군은 화군악에게 마지막으로 이렇게 말을 남기고 등을 돌렸다.

 -그럼 지옥에서 보자.

 그렇게 배신은 시작되었고, 화군악은 겨우 동정호로 뛰

어든 다음 물 밑으로 걸어 나와 목숨을 구하는 대신, 모든 내공을 송두리째 잃고 말았다.

세월이 흘러 이번에는 화군악의 복수극이 시작되었다. 우연찮게도 장소는 그가 배신당했던 바로 그 악양부 칠층 누각(樓閣).

치열한 접전 끝에 막다른 길목까지 몰리게 된 종리군은 화군악이 그러했듯이 동정호 물길을 향해 몸을 날렸다.

하지만 그는 물속 깊이 추락했던 화군악과는 달리, 미리 준비했던 강락산(降落傘)을 이용하여 하늘 높이 날아서 도망쳤다.

그때도 종리군은 화군악을 향해 소리쳤다.

-푸하하하! 지옥에서 보자!

그리고나서 십 년 가까운 세월이 흘렀으니, 적어도 강산이 한 번 정도 바뀐 후의 만남이었다.

하지만 종리군은 여전했다. 바뀐 게 전혀 없었다. 강산이 변할 정도의 세월이 흘렀는데도 종리군은 그때 그 모습 그대로였다.

"정말 하나도 변하지 않았구나."

종리군이 화군악을 바라보며 감탄하듯 입을 열었다.

"그래도 세월이 꽤 많이 흘렀는데 그 성격은 여전히 그대로야. 전혀 바뀌지 않았어."

 종리군의 말에 화군악은 저도 모르게 피식 웃었다. 안 그래도 화군악 역시 종리군이 하나도 변하지 않았다고 생각하던 참이었으니까.

 역시 벗은 벗인 게다. 불알친구라는 게 괜히 불알친구가 아닌 게다. 십 년 만에 만나도 바로 엊그제 헤어졌다가 다시 만난 듯한 기분, 그 변함없는 모습, 영원한 우정, 그게 불알친구인 것이다.

 비록 영원할 줄 알았던 우정이었지만.

 화군악은 천천히 입을 열었다.

 "너는 꽤 많이 변했구나."

 "내가?"

 종리군은 살짝 의아한 표정을 지었다.

 "뭐 크게 달라진 건 없다고 생각하는데, 그렇게 많이 변했나?"

 "그래. 정말 많이 변했다. 무엇보다 예전보다 훨씬 더 뻔뻔해졌다. 내 앞에서 눈 하나 깜빡이지 않고 거짓말을 해 대는 걸 보니 말이다."

 "아. 그건 말이지."

 종리군은 어깨를 으쓱거리며 웃었다.

 "외려 그걸 알아줘서 고마운데, 나는? 사실 그동안 너를 닮아 보려고 무진장 노력했거든. 네 뻔뻔함과 그 철없어 보이기까지 하는 유쾌함 같은 거 말이지. 노력한 덕분이었을까. 사람들이 예전보다 훨씬 더 나를 좋아하고 친근하게 대하더라고. 마치 예전의 너를 대하듯 말이지."

"흐음. 그거 기분 좋은데. 천하의 종리군이 나를 닮으려고 노력했다니 말이지."

"뭐, 누구에게든 장점은 있는 법이고, 내게 도움이 된다 싶으면 무엇이든 배워두는 게 나쁘지 않으니까. 그건 그렇고…… 아무리 봐도 역시 너는 예전 그대로다. 성격이나 말투나, 그 언제나 즐겁고 유쾌한 미소까지 말이지. 지금 네 머릿속에는 온갖 흉악한 계획과 엉뚱한 상상으로 가득 차 있으면서도 말이다."

"역시 나를 잘 아는군."

"후훗. 달리 우리가 총각지교(總角之交)를 나눈 사이겠어?"

종리군은 기분 좋다는 듯이 유쾌하게 웃으며 말했다.

총각(總角)은 말 그대로 혼인하지 않은 사내를 가리키는 말인 동시에, 머리를 양쪽으로 갈라 빗어 올린 후 귀 뒤에서 두 개의 뿔같이 묶어 맨 어린아이들의 머리 모양을 가리키는 단어였다.

그래서 총각지교는 어렸을 적 함께 놀며 친하게 지냈던 사이, 즉 불알친구를 의미하는 말이었다.

"총각지교라……."

문득 화군악의 눈빛이 서늘해졌다.

"하지만 총각지교 운운하기에는 우리 사이가 예전 같지 않게 되었으니까. 서로 한 번씩 뒤통수를 치면서 주고받았잖아, 그것도 꽤 심하게?"

"무슨 소리."

종리군이 잘생긴 두 눈을 동그랗게 뜨며 부채로 제 손바닥을 가볍게 내리쳤다. 화군악의 시선이 문득 그 쥘부채로 향했다. 종리군이 단호한 음성으로 말했다.

"비록 선공(先攻)은 내가 했지만, 당하기는 내가 훨씬 더 많이 당했거든. 그러니까 한 번씩 주고받은 게 아니지."

그렇게 이야기한 종리군은 문득 길게 한숨을 내쉬며 고개를 설레설레 흔들었다.

"운혜도 그렇고, 정주 백마당의 흥마도 그랬지. 아니, 다른 건 다 그렇다 치더라도 저 여진의 칸을 떠올리면 아주 내가 밤잠을 이루지 못한다니까."

종리군은 억울하다는 표정을 지으며 계속해서 말했다.

"왜 너는 내가 그렇게 공들여 키우고 가꾸던 것들을 아무 거리낌 없이, 죄책감 없이 송두리째 무너뜨리고 지근지근 밟고 다니는데? 너 때문에 무산된 계획이 도대체 몇 개나 되는 줄 알아? 그런데도 한 번씩 주고받았다고? 정말 이거야 원 어이가 없어서."

종리군의 하소연을 잠자코 듣던 화군악은 문득 생각이 난 듯 크게 고개를 끄덕이며 말했다.

 "그렇구나. 그리고 보니까 자하신녀문도 있었네."

 일순 종리군의 안색이 급변했다.

 "자하신녀문이라니. 설마 너……."

 "그래. 이곳 낙양으로 오던 도중에 우연찮게 자하신녀 문의 공주와 만났지 뭐야?"

 화군악은 아주 유쾌하게, 더 이상 밝은 얼굴이 될 수 없을 정도로 환하게 웃으면서 말을 이었다.

 "그렇게 마주쳤을 때 보니까 아주 위급한 상황에 처했 더라고, 그 공주가 말이지. 어쩔 도리가 있나? 사람 좋고 오지랖 넓으며 정의심 불타는 내가 도와줄 수밖에. 덕분 에 그녀는 완쾌되었다네. 아, 내게 정말 고마워하지는 말 게. 나 역시 나름대로 즐거웠으니까."

 종리군의 얼굴이 한순간 흉악하게 일그러졌다. 하지만 이내 그는 어쩔 도리 없다는 듯이 피식 웃고는 고개를 설 레설레 흔들며 입을 열었다.

 "참 너란 녀석은 정말이지……."

 종리군은 "하아." 하고 한숨을 쉬며 말을 이어 나갔다.

 "도대체 내 앞길을 얼마나 가로막아야 성이 풀리겠냐? 옛정이라는 건 전혀 생각하지 않는 모양이지? 그래도 나 는 네 걱정도 하고 근황도 궁금하고 안부도 묻고 싶고, 그래서 저 먼 유주 땅 허허벌판까지 찾아갔었는데 말이지."

"거짓말."

화군악은 유쾌한 표정으로 말했다.

"유랑객잔 뚱보 주인장을 노리고 간 거였으면서. 어떻게든 그를 네 수하로 끌어들이려고 갔던 거잖아?"

"아, 그건 겸사겸사인 거야. 간 김에 도대체 얼마나 대단한 사람인지 보고 싶었던 거고, 또 나와 뜻이 맞으면 함께 일할 수도 있는 거고……. 하지만 그 뚱보 주인장, 다른 건 다 좋은데 너무 게으르더군. 나는 다른 건 몰라도 게으른 사람이 가장 싫거든. 그래서 두 손 들고 그곳을 떠났던 게고."

그렇게 웃는 낯으로 말하던 종리군의 눈빛이 일변(一變)했다.

"하지만 이거 하나만큼은 알아 두라고. 그때 내가 제대로 마음만 먹었더라면, 그 뚱보 주인장이 설령 당금 무림의 천하제일인이라 할지라도 반드시 죽일 수 있었다는 걸. 단지 네 우정과 화평장 사람들과의 인연을 생각해서 살려 둔 거라는 사실을 말이지."

설마.

화군악은 피식 웃으며 대꾸하려다가 문득 종리군의 차갑고 냉정하게 굳어진 눈빛을 보고는 입을 다물었다.

저런 표정을 지을 때의 종리군은 절대 거짓말을 하지

않았다. 십 할의 확률과 확신이 있을 때만 비로소 보여주는 표정이고 눈빛이었다.

종리군은 그 표정과 눈빛을 유지한 채 계속해서 말했다.

"어디 그뿐인 줄 아니? 북해빙궁으로 이주한 화평장 사람들을 몰살시킬 수도 있었거든? 여진의 백만 대군으로 하여금 중원이 아닌, 북해부터 먼저 치도록 칸을 설득할 수도 있었으니까. 중원을 정벌하려면 미리 등 뒤의 위협부터 제거해야 한다면서 말이야."

일순 화군악은 저도 모르게 움찔거렸다.

그게 협박이든 위협이든 상관없었다. 종리군은 한다면 하는 녀석이었고, 또 능히 그렇게 할 수 있는 능력을 지녔다.

만약 무림오적 전원이 빙궁을 떠나 있을 때, 여진의 백만 대군과 종리군의 또 다른 세력이 북해를 침공했다면…… 떠올리는 것만으로 몸서리가 쳐질 결과가 나왔을 게 분명했다.

종리군은 가만히 화군악의 반응을 지켜보다가 다시 인상을 풀고 부드럽게 웃었다. 그야말로 총각지교를 나눈 어릴 적 옛 친구를 바라보는 표정과 눈빛이었다.

종리군은 입을 열었다.

"제수씨는 잘 지내지? 소군도 많이 컸고? 장인어른하고 사이는 좀 좋아졌나?"

화군악은 굳게 입을 다문 채 종리군을 바라보았다. 하지만 종리군은 계속해서 떠들었다.

"미안하네. 소군이 태어났을 때 선물이라도 보내고 싶었는데…… 그때 마침 서역에 있어서 말이야. 나도 나름대로 바빴거든. 중원에서 실패했던 일들을 다시 새롭게 바꿔서 새외로 나가야만 했으니까. 그게 모두 네 덕분이거든."

"아직도 그 생각은 변함이 없는 거야?"

화군악은 오래간만에 입을 열었다.

"네가 천하의 주인이 되어서 백성들을 보살피고, 빈민을 구휼하겠다는 그 생각 말이다."

"물론이지."

정유는 희미하게 웃으며 말했다.

"너도 그때 인정했잖아? 나라면 충분히 해낼 수 있을 거라고 말이지."

"그때는 그렇게 말했지. 하지만 지금은 달라졌어. 너는 절대 제대로 백성을 보살피고 빈민을 구휼할 수 없어. 왜 그런 줄 알아? 네가 세상에서 가장 아끼고 위하는 존재는 백성이 아니라 바로 너니까. 그런 사람이 절대 황제가 되면 안 된다는 사실을 이번 황궁에서 확실하게 깨달았지."

"호오. 그렇다면 황태자 주완룡이야말로 최고의 황제

가 될 거라고 생각하는 거야?"

"아니, 황태자도 나름대로 단점이 많고 부족한 점이 많아서 최고의 황제는 되지 못할 거야."

"그렇다면 차라리 내가 황제가 되는 게……."

"하지만 황태자는 아랫사람들의 고충을 이해하고 그들을 위할 줄 알거든, 너와는 달리."

일순 종리군은 마음이 상했다는 듯 인상을 찌푸렸다.

"무슨 소리야? 나도 아랫사람들의 고충을 이해하고, 그들을 위할 줄 알거든? 뭣하면 저기 천로와 지로를 불러와서 그들에게 직접 물어볼까?"

"아니, 그럴 필요는 없어. 확실히 너는 아랫사람들의 고충을 이해하기도 하고, 그들을 위할 줄도 알 거야. 하지만 그건 어디까지나 한계가 있는 거지. 네 안위가 위험해진다거나 네 계획에 문제가 생기게 된다면 당장 그들을 죽이거나 내팽개칠 테니까."

"어라? 그거야 당연한 일이잖아? 대(大)를 위해서 소(小)가 희생되어야 하는 게 마땅하고, 또 주군(主君)을 위해서 수하들이 목숨을 내던지는 것도 이치에 맞는 일인데."

"그걸 주군이 강요하느냐, 스스로 내던지느냐 하는 차이가 있겠지. 그리고 당연히 너는 전자의 경우이고."

"흐음. 이거 정말 말이 통하지 않네. 아아, 어떻게 우리가 이렇게까지 의견이 갈리게 되었을까?"

"처음부터."

화군악은 확실하게 말했다.

"처음 너를 만났을 때부터 그랬지. 언제나 너와 나의 의견은 갈렸어. 단지 참을성 많은 네가 양보했고, 또 성질 급한 내가 먼저 움직였을 뿐이지."

"흠, 그랬었나? 하도 오래전의 일이라 기억은 제대로 나지 않지만 내가 참을성이 많은 건 확실해. 너 때문에 불면(不眠)의 밤을 보낸 나날들이 아직도 기억에 새로우니까."

"훗. 그러니까. 처음부터 너와 나는 평행선이었던 거야. 세월이 우리를 갈라놓아서 그리된 게 아니라."

"그렇군."

종리군은 가만히 고개를 끄덕였다. 왠지 그의 주변 공기가 서늘하게 식는 기분이었다. 종리군의 몸에서 한기(寒氣)가 스멀스멀 피어오르고 있었다.

그야말로 살기와도 같은 한기였다.

2. 일산불용이호(一山不容二虎)

"마지막으로 한 번 더 묻겠어."

종리군은 화군악을 바라보다가 입을 열었다.
"나와 함께할 생각은 영영 없는 거지?"
 화군악이 이를 드러내며 웃었다.
"당연하지."
"그렇게 대답할 줄 알았다. 그렇게 대답해야 내가 아는 군악이니까."
 종리군도 새하얀 이를 드러내며 말했다.
"그럼 다음에 만나면 완벽한 적이 되는 건가?"
 종리군의 말에 화군악이 고개를 갸우뚱거리며 되물었다.
"왜, 지금은?"
"오호!"
 종리군은 눈을 가늘게 뜨며 말했다.
"설마 지금이라면 나를 이길 수 있다고 생각하는 거야? 겨우 이제 막 발을 디뎌 놓은 태극혜검으로?"
'이 자식, 진짜.'
 화군악도 가늘게 눈을 뜨며 종리군을 바라보았다.
'도대체 이 녀석, 나에 대해서 얼마나 알고 있는 거야?' 하는 생각이 절로 들었다.
 하기야 이 세상에서 화군악을 가장 잘 아는 이는 그의 아내 정소흔도, 무림오적의 형제들도, 사부 야래향도 아닌 종리군 저 자식일 게 뻔하기는 했다.

반대로 종리군을 가장 잘 아는 사람 역시 화군악이었으니까.

화군악은 가만히 종리군을 바라보다가 불쑥 물었다.

"그럼 너는 지금이라면 나를 이길 자신이 있어?"

"물론."

종리군은 숨도 쉬지 않고 대꾸했다.

"우선은 이곳이 내 구역이니까. 똥개도 제집 앞에서는 호랑이조차 이긴다고 하지 않았던가?"

"흠, 그런 말이 있었나? 어쨌든 그렇다면 너는 똥개고, 나는 호랑이라는 뜻이군그래."

"음? 그리되나? 이것 참, 비유를 잘못 든 모양이구먼."

종리군은 머리를 벅벅 긁었다. 평소 그를 아는 수하들이 봤다면 놀라 뒤집힐 정도의 순박한 모습이었다.

그걸 본 화군악이 어쩔 수 없는 녀석이라면서 껄껄 웃었다. 머쓱한 표정의 종리군도 화군악을 따라 웃었다.

그렇게 두 사람은 서로를 바라보며 유쾌하게 웃기 시작했다.

한없이 밝고 즐거운 그들의 웃음소리는 곧 객잔 안, 숨 죽인 채 그 결과를 기다리던 담호의 귀에까지 전해졌다. 잔뜩 긴장하고 있던 담호의 눈이 휘둥그레지는 순간이었다.

'싸우는 게 아니었어? 어떻게 저 두 사람이 저리 유쾌

하고 즐겁게 웃는 거지?'

 담호가 아는 한 화군악과 종리군은 일산불용이호(一山不容二虎), 즉 절대 같은 산에서 함께 살아갈 수 없는 두 마리의 호랑이였다.

 그런데도 마치 막역하기 그지없는 벗들끼리 만나서 대화를 나누는 것처럼 저리도 쾌활하게 웃고 있는 것이었다.

 그 웃음소리에 반응한 건 담호만이 아니었다. 조금 떨어진 자리에 앉아 있던 두 명의 노인, 천로와 지로도 고개를 갸웃거렸고, 계산대 앞에 서 있던 공 지배인도 살짝 놀란 표정으로 후문 쪽을 돌아보았다.

 그들 또한 종리군이 저리도 유쾌하게 웃는 걸 지금껏 본 적이 없는 듯한 표정을 지으며 어리둥절해하고 있었다.

 이윽고 객잔 후문이 다시 열리고 종리군과 화군악이 사이좋게 어깨를 나란히 한 채 돌아왔다. 그들은 다시 담호들의 탁자에 앉고는 누가 뭐라고 할 것 없이 공 지배인에게 말했다.

"여기 가장 좋은 술을 가지고 오시오."

"여기 여아홍(女兒紅) 세 병을 가지고 오게. 아, 계산은 내가 하겠네."

 종리군의 말에 화군악이 인상을 찡그렸다.

"아니, 음식과 요리는 우리가 얻어먹었으니 술은 내가 사지. 자네에게는 빚을 지기 싫거든."

"말도 안 되는 소리!"

종리군이 화를 내듯 눈을 크게 뜨며 말했다.

"내 집에 온 손님에게, 그것도 십 년 세월 만에 만난 벗에게 어찌 돈을 내라 할 수 있겠나? 나중에 내가 자네 집에 놀러 가도 돈을 받을 생각인가?"

화군악은 신중하게 고민하다가 고개를 끄덕였다.

"그건 자네 말이 맞군. 좋아, 이번에는 한턱 얻어먹기로 하지. 하지만 이건 절대 빚이 아니라고."

"그래, 그래. 이런 걸 빚 운운할 정도로 속 좁은 내가 아니니까."

두 사람은 공 지배인이 여아홍 세 병을 가지고 올 때까지 실로 유쾌하게 떠들고 웃었다.

정작 같은 자리에 앉아 있던 만해거사나 담호, 그리고 조금 떨어진 자리에 앉아 있는 천로와 지로는 어찌 돌아가고 있는지 영문을 모르겠다는 표정을 지은 채 입만 떡 벌리고 있었다.

술이 나왔다.

종리군은 공 지배인이 공손하게 병마개를 따는 걸 지켜보면서 입을 열었다.

"이 여아홍은 특별한 술이네."

여아홍이라는 술은 딸이 태어났을 때 빚어서, 그 딸이 시집갈 때 마개를 열고 마시는 술로 알려져 있었다. 그러니 최소한 십 년 이상 묵혀야만 비로소 제맛을 낼 수 있기에 그만큼 귀하고 비싼 술이기도 했다.

"내가 자네에게 패하고 강호를 떠날 때, 이곳에 다시 돌아와 승리의 축배를 들 요량으로 담갔던 술이라네. 그러니 아직 십 년은 채 되지 않았지만 그래도 맛은 있을 걸세."

 종리군의 말에 담호는 저도 모르게 긴장하여 화군악을 쳐다보았다. 하지만 정작 화군악은 아무 거리낌 없이 고개를 끄덕이며 말을 받았다.

"흠, 아쉽군그래. 여아홍은 최소한 십 년이 지나야만 비로소 그 진가를 발휘한다고 하던데 말이지."

"아쉬워도 참게. 요즘처럼 급하게 움직이는 세상에 이 정도 햇수를 묵힌 여아홍도 쉽게 구할 수가 없으니까. 기껏해야 이 년, 삼 년이 된 걸 가지고 십 년, 십오 년 된 여아홍이라고 하면서 다들 폭리를 취하거든."

 공 지배인이 각자의 술잔에 여아홍을 따르기 시작했다. 투명한 기운이 영롱하게 맴도는 붉은빛 액체가 찰랑거리며 잔을 채웠다.

 공 지배인은 멈칫거리다가 소자양과 담호에게도 술을 따랐다.

종리군이 웃으며 말했다.

"저기 천로와 지로에게도 따라 주게나. 그들 또한 한 잔 정도는 마실 자격이 있으니까."

"알겠습니다, 주인 나리."

공 지배인은 공손하게 인사한 후 술병을 들고 자리를 떠났다.

"자, 그럼 앞으로의 내 행보에 행운이 깃들기를 바라면서!"

종리군이 다짜고짜 술잔을 들고 건배를 외쳤다. 담호와 소자양이 머뭇거리면서 술잔을 들 때, 화군악이 재빨리 종리군의 말을 이었다.

"결국에는 내가 승리하게 되기를 바라며, 건배!"

종리군이 쓴웃음을 지며 고개를 설레설레 흔들었다.

"정말이지, 한 번도 지지 않으려고 한다니까. 좋아. 그럼 우리 두 사람의, 아니 이곳에 있는 모든 사람의 행운을 기원하며!"

종리군이 단숨에 술잔의 여아홍을 비워 냈다. 이번에는 화군악도 아무 말 하지 않은 채 종리군을 따라 호기롭게 목을 뒤로 젖히며 술잔을 비웠다. 만해거사도, 소자양도, 담호도 단숨에 술잔을 비웠다.

꽤 독한 술이지만 부드럽게 목구멍을 타고 넘어가, 맑은 향기와 달콤함만이 입안에 남았다. 그 은은한 여운에 사람들의 입에서는 절로 감탄의 소리가 흘러나왔다.

"호오, 정말 좋구나."

지금껏 말이 없던 만해거사조차도 눈을 휘둥그레 뜨며 분 술잔을 내려다보았다.

"지금껏 마셨던 그 어떤 여아홍보다 맛있다. 아니, 이 여아홍에 비하면 지금껏 마신 모든 여아홍은 쓰레기와 같은 맛이라 하겠다."

그의 중얼거림을 들은 종리군이 활짝 웃으며 고개를 끄덕였다.

"역시 만해 사부께서는 술을 제대로 아시는군요."

만해거사가 눈을 동그랗게 뜨며 물었다.

"나를 아시는가?"

"물론입니다. 내 벗의 사부이자, 정신적 지주이신 만해 사부를 어찌 모르겠습니까? 사실 화평장의 일이라면 다 알고 있습니다. 저도 어쩌면 화평장의 가족이 될 뻔했던 사람이니까 말입니다."

그렇게 말한 종리군은 어깨를 으쓱거리며 담호와 소자양을 돌아보았다.

"이 털북숭이 중년 사내로 분장한 친구는 매사 호기심 가득 담긴 눈빛을 보여 주는 것으로 보아, 아마 강호초출인 소자양, 축융문의 소자양일 듯하군요."

소자양은 깜짝 놀랐다. 생전 처음 강호로 나선 자신의

신분과 이름을 이렇게 정확하게 알아내는 사람이 있다니.

종리군은 계속해서 담호를 돌아보며 말을 이었다.

"이 중년 문사로 분장한 친구는 눈빛이 순박하고 정기(精氣)가 반짝이는 걸 보니 담우천, 담 형님의 큰아들인 담호가 분명하겠군요."

제 부친의 이름이 나오자 순간 당황한 담호는 자리에서 일어나 손을 모으고 인사했다.

"담호가 종리 숙…… 종리 대협을 뵙습니다."

엉겁결에 하마터면 종리군을 종리 숙부라고 부를 뻔했던 담호는 황급히 말을 바꿨다.

그게 아쉬웠을까. 아니면 담호가 자신을 알아본 것이 놀라웠을까.

종리군은 묘한 눈길로 담호를 천천히 바라보다가 불쑥 입을 열었다.

"너만 괜찮다면 제자로 삼고 싶은데, 어떻느냐?"

너무나 의외의, 뜻밖의 말에 담호는 당황하여 눈이 동그랗게 변했다.

"저를요?"

"그래. 너를 말이다. 이 천하의 종리군이 제자로 삼겠다는 이야기다."

"저기, 그게……."

담호는 저도 모르게 만해거사와 화군악을 돌아보았다.

하지만 만해거사는 여아홍을 술잔에 따르며 홀로 즐거워하는 참이었고, 화군악은 알 듯 모를 듯 기묘한 미소를 머금은 채 가만히 담호의 하는 양을 지켜보고 있었다.
 담호는 머뭇거리다가 입을 열었다.
 "죄송합니다만 제는 이미 따로 사부를 모시고 있습니다."
 "괜찮다."
 종리군이 웃으며 말했다.
 "네 사부라면 이미 나도 만나 본 적이 있으니 분명 허락해 줄 것이다. 또한 네 화 숙부를 보더라도 사부가 여럿 있는 경우도 흔한 일이니까. 게다가 조금 더 높은 곳을 바라본다면 좋은 사부를 많이 모시는 것도 여러 방법 중의 하나가 되는 셈이다. 너는 천하제일인이 되고 싶지 않느냐?"
 담호는 갈피를 잡을 수가 없었다.
 게다가 종리군이 불쑥 내민 천하제일인이라는 패(牌)가 더더욱 그의 마음을 어지럽고 혼란하게 만들었다.
 하지만 담호는 곧 정신을 차리고 말했다.
 "제가 자질이 부족하고 영민하지 못한 까닭에 감히 천하제일인은 논할 수는 없다고 생각합니다. 그저 저는 제대로 된 한 사람의 몫을 해내기에도 급급하고, 또 그렇게만 될 수 있다면 충분하다고 여기고 있습니다. 말씀은 고

마우나 아무래도 제가 가고자 하는 길과 종리 대협의 길이 다른 것 같습니다. 죄송합니다."

담호의 정중한 거절에 화군악이 소리 없이 웃었다. 막 술잔을 비운 만해거사도 고개를 끄덕였다.

종리군은 입가만 웃을 뿐, 냉정한 눈빛으로 담호를 바라보다가 한숨을 내쉬었다.

"뭐, 노우불갈수(老牛不喝水) 부능강안두(不能强按头)라는 말도 있으니까."

'늙은 소가 물을 먹지 않는다고 해서 강제로 머리를 돌리게 만들 수는 없다'라는 말처럼, 아무리 좋은 권유와 제안이라 할지라도 결국 본인이 하고 싶지 않다는데야 어쩔 도리가 없는 법이었다.

그렇게 냉정하게 말한 종리군은 이내 눈가에 웃음기를 담으며 마치 조카를 대하는 것처럼 부드럽고 다정한 목소리로 말을 이어 갔다.

"하지만 그 자질이나 총명함에 비해서 그릇이나 야망이 너무 작아. 마지막으로 모름지기 남자라면 좀 더 큰 뜻을 품어야 한다는 조언을 해 주고 싶구나."

담호는 고개를 숙이며 대답했다.

"마음속 깊이 간직하겠습니다."

그때 화군악이 유쾌하게 웃으며 말했다.

"하하하. 자네, 한 방 먹은 얼굴이군그래."

그는 종리군의 빈 술잔에 술을 따라 주며 말을 이었다.

"이 담호라는 아이가 다른 건 다 좋은데 고지식한 부분이 없지 않거든. 그것만 고치면 진짜 좋은 녀석인데 말이지."

"뭐, 타고난 성격이 그러면 어쩔 도리가 없지. 하지만 한 방 먹은 건 아니라고. 외려 언제고 나의 이 제안을 거절한 걸 후회하게 될 테니까."

"과연 그럴까?"

화군악의 입가에 맺혀 있던 미소가 사라졌다.

"이 자리에서 확실히 말해 두겠는데, 어디까지나 자네 상대는 나라는 걸 잊지 말라고. 행여나 화살을 다른 곳으로 쏘려 한다면 그때는……."

종리군은 여전히 사람 좋은 인상의 미소를 머금은 채 물었다.

"그때는?"

"그때는 자네가 이 세상에 태어난 것을 후회하게 될 게야."

"아이쿠, 무서워라. 이거, 자네 무서워서 어디 농담도 하지 못하겠군그래. 알았네. 내 절대로 담호에게 손대지 않겠네."

종리군은 활짝 웃으며 술잔을 들었다.

"자, 자. 적어도 오늘만큼은 적이니 아군이니 하는 걸 떠나서 마음껏 먹고 마시세. 앞으로 오늘 같은 날이 언제 또 있겠는가?"

그제야 화군악도 쾌활하게 웃으며 술잔을 들었다.
"그렇지! 오늘이 아니면 언제 또 우리가 만나서 이렇게 취해 보겠는가?"
그렇게 술자리는 시작되었다.

3. 동화력(同化力)

공 지배인이 슬그머니 계산대에서 일어나 다른 손님들을 모두 쫓아내고 객잔 문을 걸어 잠갔다. 오룡객잔의 하루 영업이 그렇게 끝났다.

드넓은 대청에는 오로지 화군악 일행과 종리군 일행만이 앉아서 술을 마시고 있었다. 언제부터였는지, 따로 떨어져 앉아 있던 천로와 지로까지 합세하고 공 지배인까지 함께 자리에 앉아서 술을 마셨다.

점소이들이 주방에서 계속 음식과 요리를 날라 왔다. 술이 떨어질 것 같다 싶으면 저장고에서 항아리째 술을 가지고 왔다. 여아홍의 뒤를 이어 최고급 죽엽청, 검남춘(劍南春)이 탁자에 올랐다.

붉은빛 소홍주를 푹 묵혀 두었다가 꺼낸 게 여아홍이었고, 분주(汾酒)를 밑술로 하여 대나무 잎과 각종 약재를 재워 만든 술이 죽엽청이었으며, 고량과 쌀, 찹쌀, 옥수 수, 밀로 만드는 백주(白酒)이자 사천성의 대표 명주(名酒)가 바로 검남춘이었다.

무림의 객잔에서 취급하는 술 중에서 가장 값비싸고 귀한 술들이었다.

그 최고급 술들이 항아리째 들려 나왔고, 그렇게 열두 동이의 항아리가 동이 날 무렵에야 비로소 술자리가 파했다.

후문을 나서서 올려다보는 하늘에서는 어느새 별빛 찬란하게 쏟아지고 있었다.

다들 취한 듯 비틀거리며 별채로 향하는 길, 후문 쪽에서 종리군의 목소리가 크게 들려왔다.

"언제든 마음이 바뀌면 말하라고! 군악 네놈도, 담호 네 녀석도 말이다!"

혀가 꼬부라진 그 목소리는 평소와 달리 끈끈하고 촉촉하게 젖어 있었다. 심지어 간절한 애절함까지 담겨 있어서 듣는 이의 가슴을 크게 후려치는 뭔가가 있었다.

담호는 저도 모르게 몸을 돌려 종리군을 쳐다보았다. 종리군이 후문을 붙잡고 선 채 환하게 웃고 있었다. 왠지 가슴이 아파진 담호는 정중하게 허리를 숙여 인사했다.

하지만 화군악은 뒤도 돌아보지 않은 채 아무렇게나 손을 흔들었다.

만해거사가 길게 한숨을 쉬며 중얼거렸다.

"그래도 속정이 많은 친구로군. 듣던 것보다 말이지. 게다가 외로움이 뼛속까지 깃들어 있는 것 같아."
"저 녀석이요?"
화군악이 비릿하게 웃으며 말했다.
"하하. 정말 대단한 놈이잖습니까? 놈이 어떤 놈인지, 무슨 일을 했는지, 앞으로 어떤 일을 할 것인지 익히 잘 알고 계시는 만해거사까지 이렇게 측은지심을 느끼게 만들었으니 말입니다."
"허험. 말이 그렇다는 거지, 저자를 동정하거나 그런 건 아니네."
"처음에는 다 그렇게 생각합니다. 하지만 몇 번 저 녀석과 만나서 대화를 나누고 술잔을 나누다 보면 결국 녀석이 친 덫에 걸리게 되는 거죠. 그렇게 마음속 깊은 곳에서 녀석을 동정하게 되거나, 안타깝게 생각하면서부터 그 흉악하고 잔인한 늪에 빠지게 되는 겁니다."

일순 가만히 듣고 있던 소자양과 담호가 저도 모르게 움찔거렸다.

아닌 게 아니라 그들은 술자리에서 보여 준 종리군의 소탈하고 허물없는 모습에 상당히 마음이 쏠렸던 게 사실이었다.

이 정도의 정을 지닌 사람이라면 조금 더 설득하거나 대화를 나눠서 그 마음을 바꿀 수 있지 않을까? 적이 아닌 동료가 될 수는 있지 않을까? 하는 생각을 두 사람 모두 무의식적으로 하고 있었던 것이었다.

화군악의 말에 따르자면 그게 덫이라는 거였다. 또 한 번 빠지면 도저히 빠져나올 수 없는 늪이라고 했다. 종리군의 모든 능력 중에서도 가장 탁월하고 위험하며 흉악한 능력이 바로 그것이라는 거였다.

친화력(親和力)을 뛰어넘는 동화력(同化力).

바로 그것이 지금 저 술에 취한 채 겨우 문을 붙잡고 서 있는 종리군이라는 자가 새외팔천을 규합할 수 있는 원동력이었고, 또 그를 충심으로 따르는 자들이 끊이지 않고 나타나는 이유인 셈이었다.

담호는 내심 고개를 끄덕이며 생각했다.

'그렇구나. 경험이 많으신 만해 할아버지도 종리 아저씨에게 마음을 빼앗길 정도인데, 하물며 나처럼 어리고 어수룩하며 경험까지 부족한 녀석이 홀로 저 종리 아저씨를 만나서 대화를 나누었더라면……'

아마 하루도 못 가서 종리군의 충실한 제자가 되어 있거나 충심 가득한 수하로 변했을지 모르는 일이었다.

'무공만으로는 절대 천하를 지배할 수 없다는 말이 무슨 의미인지 이제야 조금 알 것 같아.'

담호는 그렇게 생각하며 힐끗 뒤를 돌아보았다. 아직도 그 자리에는 종리군이 서 있었다.

종리군은 금방이라도 쓰러질 듯 비틀거리면서 담호 쪽을 바라보고 있다가, 담호가 고개를 돌려 자신을 쳐다보자 환하게 웃으며 손을 흔들었다.

그 모습이 얼마나 정겹고 다정하게 느껴졌는지 담호는 하마터면 그에게 달려갈 뻔했다. 아니, 최소한 자신도 손을 흔들면서 크게 소리칠 뻔했다. 부디 몸조심하라고 말이다.

담호는 그런 속내를 감추려는 듯, 아니면 조금 더 종리군의 저 해맑고 순박한 웃음을 보고 있다가는 자신이 어떤 행동을 취할지 몰라서 겁이 난다는 듯 황급히 고개를 돌리고 땅을 내려다보았다.

이날 그가 마신 술은 죽엽청과 검난춘, 그리고 여아홍까지 하나같이 독한 술이었다. 심지어 그 독한 술들을 섞어 마시기까지 했으니, 눈앞이 핑 돌고 머리가 어지러우며 금방이라도 토할 것 같은 상태가 되는 건 너무나도 당연했다.

하지만 담호는 중간에서 걸음을 멈추고 연신 토악질을 하는 소자양과는 달리, 별채로 돌아갈 때까지 끝끝내 참고 견뎠다.

마치 아직도 그의 등을 지켜보고 있을 종리군에게 나약하거나 부끄러운 모습은 절대 보이고 싶지 않다는 것처럼.

* * *

 어떻게 별채로 돌아와서 또 어떻게 잠들었는지도 모르게 잠들었던 담호가 눈을 뜬 건 이미 해가 중천에 떠 있을 무렵이었다.
 골치는 지끈거렸고, 입은 목구멍까지 메말라 있었다. 마치 누군가에게 수백 대는 족히 얻어맞은 듯한 고통이 머리부터 발끝까지 몸 전체에서 피어올랐다.
 옆 침상의 소자양은 아직도 코를 드르렁거리며 잠자고 있었다. 담호가 몇 번 그를 흔들어 보았지만 전혀 깨어날 기미가 보이지 않았다.
 담호는 결국 홀로 방을 나서 복도를 따라 객청으로 향했다. 창밖으로 내다보이는 정원의 풍광은 따사로웠고 평온한 것이, 봄이라는 계절의 절정을 보여 주고 있었다.
 "어, 일어났느냐?"
 객청 탁자에는 만해거사가 느긋하게 앉아서 차를 마시고 있었다. 그 맞은편 자리에는 화군악이 살짝 심통이 난 표정으로 차를 마시는 중이었다.
 그들 두 사람 모두 담호와는 달리 전혀 숙취를 느끼지 못하는 것 같았다. 그렇게나 술이 강할까.
 "숙취?"

만해거사는 담호의 물음에 눈을 동그랗게 뜨며 되물었다.

"어라, 그럼 너는 아직 주정(酒精)을 몸 밖으로 내보내는 방법을 모르고 있는 게냐?"

담호는 살짝 울상을 지었다.

"그게…… 이렇게 잔뜩 술을 마신 것도 이번이 처음이거든요."

"흠. 그렇구나."

만해거사는 미묘한 웃음을 보이며 고개를 끄덕였다.

"뭐 배우지 않았다면 당연히 모르겠지만, 그렇다고 해도 내공의 고수가 일개 숙취 따위로 골치를 썩여서야 어디 되겠느냐? 자, 내공을 운기해 보거라."

담호는 만해거사의 말에 따라 단전의 내공을 끌어올렸다.

사실 내공의 고수들에게 있어서 술을 마시면서 몸에 쌓인 주독(酒毒)과 취기(醉氣)를 몸 밖으로 배출하는 방법은 그리 어렵지 않았다.

운기조식을 통해 주독과 취기를 기화(氣化)하게 만들어 정수리 밖으로 흘러 나가게 하는 방법도 있고, 주독과 취기를 압축하고 집약하여 하나의 조그마한 주정으로 만든 다음 그걸 입 밖으로 뱉어 내는 방법도 있었다.

그런 방법 모두 내공이 반 갑자 이상 쌓이게 되면 능히 해낼 수 있는 기술이고, 현재 담호의 내공이라면 충분히 가능한 일이었다.

단지 지금껏 술을 마신 적이 거의 없는, 그것도 어제처럼 만취할 때까지 마셔 본 적이 없는 담호였기에 굳이 그런 방법에 대해서 생각해 보지 않았던 것이었다.

"주독과 취기를 기화시킨 다음 정수리 밖으로 흘려보내는 건 술을 마실 때나 가능한 방법이다. 이렇게 주독과 취기가 몸속 깊이 퍼져 있을 때는 역시 주정을 만들어 내뱉는 게 최고의 방법이지."

담호는 만해거사의 조언을 받으며 몸속에 퍼져 있는 주독과 취기를 한 곳으로 몰았다. 그렇게 모은 주독과 취기는 곧 내공의 힘으로 최대한 압축하여 하나의 조그만 구슬이 되었으니, 바로 그것이 주정이었다.

담호는 탁자 밑에 있는 타구(唾具)에 그 주정을 뱉었다. 아이들이 가지고 노는 구슬보다도 작은 구슬이었지만 그 구슬이 뱉어진 타구에서는 지독한 술 냄새가 진동했다.

"가져다 버리고 오너라."

만해거사의 말에 담호는 인상을 찌푸린 채 타구를 들고 별채 밖, 외진 곳에 떨어져 있는 측간으로 가서 타구 안에 있던 것들을 모두 버렸다. 그리고 옆에 마련되어 있는 물동이를 이용하여 타구 안을 깨끗하게 씻은 다음 측간을 나섰다.

별채로 되돌아오던 담호는 문득 걸음을 멈추고 객잔을 돌아보았다. 이미 점심때라 그런지 제법 손님들로 시끄러운 소리가 이곳까지 들려왔다.

'오늘부터 적이라고 했는데…….'

과연 종리군과 마주치게 될까. 마주친다면 어제와 달리 안면을 바꾸고 생사(生死)의 싸움을 벌이게 될까.

담호는 되도록 그런 일은 없었으면 하고 생각했다. 설령 종리군과 생사를 건 싸움을 하게 되더라도 그게 오늘은 아니었으면 하고 생각했다.

어쨌거나 어제까지는 그렇게 더는 친할 수 없이 술을 마시고 대화를 나누던 상대였으니까.

그런 생각을 하면서 담호는 별채 객청으로 들어섰다. 그는 깨끗하게 씻은 타구를 탁자 아래에 내려놓으면서 지나가는 말처럼 물었다.

"종리 아저씨와는 오늘 당장 싸우실 건가요?"

"그 녀석?"

화군악이 아무것도 아니라는 투로 대꾸했다.

"아침 일찍 이곳을 떠났을걸? 그 천로인가 뭔가 하는 늙은이들을 대동하고 말이야."

"그래요?"

담호가 반색하는 걸 느꼈는지 화군악이 가볍게 혀를 차며 말했다.

"너야말로 조심해야겠구나."

"뭐, 뭘요?"

"종리군 그 녀석 말이다. 경고하는데, 절대 그 녀석에게 약점을 보일 만한 행동이나 표정을 보여서는 안 된다. 아무리 사소한 약점이라도 녀석은 반드시 그 약점을 찾아서 후벼 파고 들어올 테니까. 결국에는 그 약점으로 인해 너는 물론 네 가족, 화평장 사람들 모두 위험에 빠지게 될 테니까."

'설마 그럴 리가 있겠어요?'

담호는 그렇게 생각했지만 겉으로는 고개를 끄덕이며 말했다.

"알겠습니다, 명심할게요."

화군악은 그런 담호를 가만히 지켜보다가 고개를 설레설레 흔들며 긴 한숨을 내쉬었다.

"그래, 종리군이 얼마나 무섭고 두려운 녀석인지 알기에는 아직 네가 너무 어리기는 하지."

담호가 발끈하려 했지만 이미 화군악은 화제를 돌리고 있었다. 그는 담호를 보며 말했다.

"어서 가서 자양을 깨워라. 그나마 날이 밝을 때 이곳을 떠나야 하니까."

"네, 화 숙부."

담호는 어쩔 수 없다는 표정을 지으며 복도로 발길을 돌렸다.

공 지배인은 여전히 싹싹했다.

화군악 일행이 주인 나리의 적이라는 사실을 알면서도 그는 어디까지나 오룡객잔의 지배인 노릇에 충실했다.

또한 주인 나리의 지시라면서 숙박비와 식비를 돌려주는 한편, 여행길에 먹으라고 술과 간단한 음식도 준비해 놓았다.

화군악 일행은 문밖까지 나와서 공손하게 인사하는 공 지배인을 뒤로한 채 낙양 거리를 어슬렁거리며 걷기 시작했다.

하지만 그들의 걸음은 매우 느릿했다.

소자양은 숙취에 절어 제대로 걷지 못할 정도였고, 담호는 조금 전 화군악이 자신에게 했던 말을 곱씹느라고 걸음이 느렸다.

그렇게 막 낙양의 큰 거리를 따라 일각 정도 걸었을 때였다.

"화 공자."

등 뒤에서 누군가 조심스레 화군악을 부르는 소리가 희미하게 들려왔다.

화군악이 고개를 돌렸다.

바쁘게 오가는 행인들 사이, 묘령의 아가씨가 수줍은 모습으로 그곳에 서 있었다.

6장.
낙양(洛陽)의 사람들

"황계 낙양 지부에 오신 걸 환영합니다."
화군악은 저도 모르게 한숨을 쉬고 말았다.
지금껏 천하를 떠돌면서 수많은 황계 지부를 다녀 봤지만
이렇게까지 볼품없고 작고 허름한 지부는 처음이었다.

낙양(洛陽)의 사람들

1. 강호에서 가장 위험한 상대

 아직도 새벽 공기는 맑고 싸늘해서 투명하기까지 했다.
 종리군은 그 차가운 새벽 공기를 길게 들이마셨다. 폐부까지 깨끗해지는 느낌이었다.
 언제 말술을 마셨냐는 듯 종리군의 안색은 태연했고, 보폭도 일정했다.
 하기야 종리군 정도의 내가 고수라면 열 동이, 스무 동이라 할지라도 결국에는 물과 같았다. 어젯밤에는 그저 오래간만에 벗을 만난 기분을 만끽하려고 일부러 취했을 따름이었다.
 종리군은 쥘부채를 습관처럼 손바닥에 두드리다가 문

득 생각이 났다는 듯 부채를 바라보았다.

지금 그 부채는 십 년 전 처음 화군악을 배신하고 그 뒤통수를 치면서 빼앗았던, 화군악이 사천당문으로부터 받았던 선물이었다.

'그런데 군악 그 녀석이 이 부채를 보고도 아무 말도 하지 않은 건 이미 제 물건임을 잊은 걸까? 아니면 내게 선물한 거라고 착각하고 있는 것일까?'

화군악의 그 태평한 성격을 보자면 둘 다일 수 있었다.

'참 운도 좋은 녀석이라니까.'

종리군은 힐끗 별채 쪽을 바라보면서 생각했다.

'어떻게 가는 곳마다 그런 기연과 행운을 얻는지 모르겠어. 그 평소 성격을 보자면 사람들에게 귀여움과 이쁨을 받을 성격도 아닌데 말이지.'

사천당문으로부터 선물받은 부채는 새 발의 피였다.

무당산에서는 심지어 장삼봉 진인의 유작(遺作)이라고까지 할 수 있는 태극혜검을 얻었고, 북해빙궁에서는 빙정의 원천지기(源泉之氣)를 받았으며, 서안에서는 전설의 명검인 군혼(軍魂)까지 얻었다.

도대체 하늘로부터 얼마나 많은 사랑을 받기에 일개 개인이 그 많은 기연과 복을 얻고 누릴 수 있다는 말인가.

그에 비하자면 종리군은 하늘의 미움을 받는 게 분명했다. 직접 발로 뛰어다니면서, 머리가 깨져라 궁리하고 계획하여 사람들을 만나고 일을 성사시키려 했지만 쉽게 이뤄지는 건 하나도 없었다.

여진의 칸이 회군한 것도 그러했고, 황궁의 칠인회가 무너진 것 또한 그러했다.

심지어 그토록 공을 들였던 자하선녀문의 아가씨까지 화군악과 정사를 치렀다니, 도대체 이게 말이 되는 일이냔 말이다.

이쯤 되어서는 하늘은 왜 나를 낳고, 화군악을 낳았느냐고 소리쳐 묻고 싶을 지경이었다.

'복받은 자식.'

종리군은 내심 투덜거렸다.

'그렇게 많은 복을 받고 있으니 내 배신 하나 정도는 있어야 그나마 형평성이 맞겠지. 어쨌든 결국에는······.'

그때였다.

"준비가 끝났습니다, 주인 나리."

공 지배인의 말에 상념에 젖어 있던 종리군이 번쩍 정신을 차렸다. 종리군은 곧 우아하게 미소를 지으며 공 지배인에게 말했다.

"수고했네. 내가 없는 동안에도 낙양 일대는 자네가 지금처럼 잘 관리해 주게."

"맡겨만 주십시오, 주인 나리."

공손하게 허리를 숙이던 공 지배인이 문득 생각났다는

듯한 표정을 지으며 물었다.

"그런데 화 대협과 그 일행은 어찌할까요? 주인 나리께서 명령만 내리시면 영원히 잠들 수 있게……."

"아니, 가만 놔두자."

종리군은 고개를 저으며 말했다.

"그야말로 아주 오래간만에 만난 벗이다. 적어도 낙양 일대를 벗어날 때까지만이라도 가만 놔두는 게 낫겠다."

"그리하겠습니다."

"좋아. 그럼 바쁜 이 몸은 못다 한 일들을 마저 하러 가 볼까나."

종리군은 두 명의 노인을 이끌고 객잔을 나섰다. 이른 새벽 거리는 조용했고 달빛만 교교히 내려앉았다.

"부디 살펴 가십시오."

공 지배인은 객잔 입구에 나와 종리군의 뒷모습이 보이지 않을 때까지 허리를 숙이고 있었다.

이윽고 종리군의 모습이 어둠 저편으로 사라졌다. 공 지배인은 천천히 허리를 펴며 혼잣말처럼 중얼거렸다.

"누가 있느냐?"

"호귀(虎鬼)가 있습니다."

기다렸다는 듯이 어둠 한구석에서 은밀한 목소리가 들려왔다.

공 지배인은 다시 객잔 안으로 들어서며 말을 이었다.

"주인 나리의 체면이 있으시니 객잔 안에서는 그래도 살려 두는 게 옳을 것이다. 하지만 화군악 일당이 낙양에서 사라지기 전, 반드시 그들을 죽이도록 해라."

"명을 따릅니다."

어둠 속에 숨어 있던 기척이 사라졌다.

공 지배인은 아무런 일도 없었다는 듯이 태연하게 객잔 문을 걸어 잠그며 중얼거렸다.

"아무리 주인 나리의 명이 있다고는 하지만 결국 살려 두면 해만 될 작자들이니까."

* * *

"화 공자."

자신을 불러 세운 묘령의 아가씨를 본 화군악은 내심 고개를 갸웃거렸다. 생전 처음 보는 낯선 여인이었던 까닭이었다.

'흠, 저리 예쁜 얼굴이라면 한 번만 보더라도 절대 잊지 못했을 텐데.'

무엇보다 지금 화군악은 중년의 털북숭이 장한으로 분장한 상태였다. 그럼에도 불구하고 자신을 알아보았다는 건 이 여인이 절대 평범하지 않은 신분임을 의미하고 있었다.

화군악은 빙긋 미소를 지으며 입을 열었다.

"다른 누구와 착각하신 모양이구려. 이 몸은 손 모라고 하는 사람으로……."

"화군악, 화 공자이시죠?"

여인은 당돌하게 화군악의 말을 중간에서 자르며 그렇게 물었다. 그녀의 확신 가득 찬 목소리에 화군악이 살짝 난감한 표정을 지을 찰나, 다시 여인이 입을 열었다.

"따라오세요. 여기는 위험해요."

여인은 그렇게 말하고는 황급히 골목 안쪽으로 걸어 들어갔다.

화군악은 만해거사를 돌아보았다. 도대체 이 상황을 어떻게 판단해야 하느냐는 물음이 담긴 눈빛이었다.

만해거사는 어깨를 으쓱거렸다. 난들 어찌 알겠느냐는 표정이었다.

홀로 골목 안쪽으로 걸어가던 여인은 문득 뒤를 돌아보고는 아무도 자신을 따라오지 않는 걸 확인한 후 가볍게 눈살을 찌푸렸다.

그러고는 다시 화군악 일행에게로 쪼르르 다가와서 한 사람 한 사람의 얼굴을 일일이 확인하며 이야기했다.

"화 공자, 만해거사, 담 소협, 소 소협. 이렇게 큰길가에서 한가로이 이야기를 나눌 때가 아니라니까요. 이곳 낙양은 이미 호구(虎口), 종리군의 본거지나 다름없는 곳이거든요."

 종리군이라는 말이 그녀의 입에서 흘러나온 순간 화군악 일행의 표정이 이내 딱딱하게 굳었다. 화군악은 그녀를 향해 한 걸음 내디디면서 물었다.

"종리군을 어찌 아오?"

 여인의 눈가에 살기가 스며들었다.

"그야 그자가 우리 낙양 지부를 궤멸한 작자이니까요."

"낙양 지부? 그렇다면 소저는 황계 사람이오?"

"왜 아니겠어요? 듣던 것보다 화 공자가 눈치 빠르지 않네요. 절 보는 순간 탁 하고 알아차릴 줄 알았는데."

"내가 점쟁이도 아니고 그걸 어찌 아오?"

"이 낯선 곳에서 화 공자를 화 공자라고 부를 사람이 과연 누가 있겠어요? 종리군 쪽 사람 아니면 황계 사람일 텐데, 종리군과는 이제 막 헤어졌으니 당연히 황계 사람일 가능성이 가장 크지 않겠어요?"

 그녀의 따라가지도 못할 정도로 빠르게 쏟아지는 이야기에 화군악은 입을 벌린 채 어이가 없다는 표정을 짓다가 겨우 숨을 돌리고 말했다.

"보시오, 소저. 내 뒤를 쫓는 자가 어디 종리군과 황계뿐이오? 멀리 보면 오대가문과 태극천맹도 있고 가까이 보면 전왕 한백남도 있소. 소저가 그들의 끄나풀일지 누가 아오?"

화군악의 말에 이번에는 여인이 한숨을 쉬며 입을 열었다.

"내가 만약 그들의 끄나풀이라면 굳이 화 공자를 데리고 다른 곳으로 갈 이유가 없잖아요? 화 공자임을 확인한 순간 이미 동료들을 불렀을 것이고, 벌써 이 근방 사오 리 일대는 그들의 포위망이 깔려 있을 게 아니겠어요?"

"흐음."

화군악은 침묵했다. 확실히 그녀의 말이 자신보다 설득력 있었으며 또한 현실적으로도 타당한 이야기였다.

여인은 계속해서 말을 이어 나갔다.

"그러니 이제 괜한 트집은 그만 잡으시고 얼른 절 따라오세요. 지금도 어딘가에서 종리군의 진짜 끄나풀들이 우리를 지켜보고 있을지 모르니까요."

그렇게 말을 맺은 여인은 서둘러 골목 안으로 걸어갔다. 화군악은 머리를 긁적였다. 만해거사는 입을 벌리고 있는 담호와 소자양을 돌아보며 말했다.

"잘 보았느냐? 강호에서 가장 위험한 상대를 왜 늙은이와 어린아이, 그리고 여인이라고 했는지 그중 하나를 바로 지금 직접 경험한 것이다."

"아, 네."

"명심하겠습니다."

순수하고 순박한 청년들이 고개를 끄덕일 때, 저 앞서

걷던 여인이 재차 그들을 돌아보며 손짓했다.

결국 화군악 일행은 어쩔 도리 없이 그녀의 뒤를 따라 구절양장(九折羊腸)과 같은 골목 안쪽으로 걸어 들어갔다.

2. 황계 낙양 지부

어느 성시나 마찬가지였지만 큰길 안쪽으로 난 골목은 미로와도 같았다. 잘못 발을 들인 초행자(初行者)는 반드시, 라고 할 만큼 길을 잃는 곳이 바로 그러한 골목길이었다.

집과 집들이 빼곡하게 들어선 사이로 난 좁은 길. 두 사람이 어깨를 나란히 하고 걸을 수 없는 길.

화군악 일행이 그 길을 따라서 이각 가까이 걷고 나서 도착한 곳은 아주 볼품없는 조그만 가게, 추레한 노파 혼자서 동네 사람들을 상대로 장사하는 소포자(小鋪子)였다.

묘령의 아가씨는 그제야 활짝 웃으며 말했다.

"황계 낙양 지부에 오신 걸 환영합니다."

화군악은 저도 모르게 한숨을 쉬고 말았다.

지금껏 천하를 떠돌면서 수많은 황계 지부를 다녀 봤지만 이렇게까지 볼품없고 작고 허름한 지부는 처음이었다.

대부분 겉으로는 객잔이나 다관 주루, 도박장과 기루 등의 영업을 하면서 활동하는 다른 지부들과는 달리, 낙양 지부는 빈민층을 상대로 온갖 잡동사니를 파는 조그만 소포자였다.

대륙에서 세 손가락 안에 드는 거대한 성시의 지부라고 하기에는 너무나도 초라한 모습이었다.

"들어오세요."

묘령의 아가씨는 노파가 안에서 열어 준 철문을 통해 소포자 안으로 들어서며 말했다.

화군악 일행은 머뭇거리다가 천천히 소포자 안으로 들어갔다.

가게 안은 겉으로 본 것만큼이나 좁고 초라했는데, 그 좁은 공간 안에 무려 천여 가지나 되는 온갖 물건들이 빼곡하게 들어차서 더욱더 비좁게 느껴졌다.

"헤헤. 이리로 오시구려."

이곳 가게의 주인이자 아마도 황계 낙양 지부의 지부주 정도로 보이는 노파가 이가 듬성듬성 빠진 채로 웃으며 화군악 일행은 안쪽으로 안내했다.

좁고 낮은 복도를 따라 몇 걸음 옮기자 그나마 숨이 트일만한 공간이 나왔다. 노파가 먹고 자는 방과 같은 곳이 있는데, 그래 봤자 사방 두 평도 되지 않는 조그만 공간이었다.

그 좁은 방 안에 체구 좋은 사내 넷과 여인 둘이 앉으려니 호흡조차 곤란할 지경이었다.

화군악이 한숨을 내쉬며 물었다.

"좀 더 넓은 곳은 없소?"

노파가 이 빠진 웃음을 흘리며 대답했다.

"안타깝지만 지금은 이게 최선이라우. 작년까지만 하더라도 우리 역시 큰길가에서 떵떵거리며 활동했었는데, 그놈의 종리군 일당 때문에 이렇게 되었다오. 이해하시구려."

"종리군이요?"

"그래요. 작년에 갑자기 그 세력을 키우는가 싶더니, 우리 황계 지부는 물론 뒷골목 흑방 패거리들까지 싹 다 해치우고 이 일대 세력을 모두 잡아먹었어요."

묘령의 여인이 원한으로 번들거리는 눈빛을 흘리면서 말했다.

"그 바람에 겨우 살아남은 우리도 이렇게 낙양에서 가장 깊고 더럽고 추레한 곳으로 쫓겨났죠."

화군악은 고개를 갸웃거렸다.

"십삼매에게 보고하지 않으셨소?"

"보고야 당연히 했죠."

여인이 발끈하며 말했다.

"하지만 아예 들은 척도 하지 않더라고요. 상대가 종리군이라고 하니까 잠시 그대로 관망하는 게 낫겠다나 뭐라나, 그래서 우리만 이런 고생을 하고 있는 중이죠."

"총계주도 생각이 다 있을 게야."

노파가 여인을 다독였다.

"화 공자를 이렇게 우리에게 보내 준 것만 봐도 총계주가 우리를 잊지 않고 있다는 뜻이니까."

"네?"

화군악의 눈이 휘둥그레졌다. 아무래도 이 노파는 뭔가 착각하고 있는 모양이었다.

'뭐, 설명하는 것도 귀찮으니 마음대로 착각하도록 놔두자.'

화군악은 그렇게 생각하며 입을 열었다.

"그런데 아직 두 분 성함을 모르고 있습니다."

노파와 여인이 움찔거렸다. 아직 자신들을 정식으로 소개하지 않았다는 사실을 그제야 안 것이었다.

그녀들은 황급히 두 손을 모으며 인사했다.

"이 늙은이는 황계 낙양 지부의 책임을 맡고 있는 도파파(陶婆婆)라고 한다우. 나이는 묻지 마시우. 잊은 지 이미 오래되었으니까."

"저는 할머니의 손녀이자, 낙양 지부의 순찰당주(巡察堂主)인 왕군려(王裙麗)라고 해요. 순찰당이라고 해 봤자 이제 두 명밖에 남지 않았지만 말이에요."

"아시다시피 나는 화군악이고, 이쪽은 만해 사부, 그리고 이쪽은 담우천 담 형님의 장자(長子)인 담호, 그리고 이쪽은 축융문의 소문주인 소자양이라고 합니다."

그렇게 자신과 일행을 소개한 화군악은 곧바로 화제를 돌렸다.

"그런데 이곳에 숨어 있는다고 해서 저들의 이목을 피할 수 있습니까? 만약 저들이 노리고 쳐들어온다면 겨우 이 정도 인원으로 막을 수 없을 텐데…… 차라리 십삼매의 지원이 올 때까지 잠시 동안 낙양을 버리는 게 어떻겠습니까?"

"그건 아니 되는 말씀이구려."

도파파가 고개를 저으며 말했다.

"다른 사람은 몰라도 나는 절대 이곳 낙양을 떠날 수 없다오. 왜, 침몰하는 배의 선장은 그 배와 운명을 함께한다는 말이 있지 않소? 나 역시 마찬가지요. 만약 총계주의 지원이 늦어서 놈들에게 지부가 괴멸당하게 된다면 내 운명 또한 그와 함께할 것이오."

가슴을 울리는 열변이었으나 화군악은 내심 고개를 갸웃거렸다.

'정말 이상하구나.'

화군악이 도파파를 바라보고 있을 때, 왕군려가 어깨를 으쓱거리며 말했다.

"걱정하지 마세요. 그래도 남은 인력과 자금을 총동원해서 이 일대에 다섯 개의 방어망을 구축해 두었으니까요. 만에 하나 종리군 일당이 쳐들어온다고 하더라도 그 다섯 개의 방어망을 뚫을 동안 우리는 충분히 다른 곳으로 도망칠 수 있어요."

"그런데 말이오."

잠자코 듣기만 하던 만해거사가 입을 열었다.

"도대체 그 종리군 일당이라는 자들이 얼마나 강하기에 황계 지부 하나를 통째로 무너뜨릴 수 있단 말이오? 그것도 다름 아닌 낙양 지부라면 황계에서도 상당히 공을 들였을 텐데 말이오."

만해거사의 의문은 옳았다.

황계의 각 지부에는 상당한 무위를 지닌 무사들은 물론, 이른바 황백(黃伯)이라 불리는 상승 고수들이 배치되어 있었다.

지부가 크고 그 영향력이 지대할수록 그곳에 머무는 황백의 수 또한 늘어났으니, 낙양 지부의 경우에는 최소한 스무 명 이상의 황백이 언제나 그곳에 머물며 혹시 모를 불상사를 대비했다.

황백은 개개인의 무위가 구파일방의 당주에서 장로급에 해당하는 당경과 노경 사이를 오갔다. 즉, 평소 낙양 지부에는 최소 스무 명 이상의 소림사 당주들이 모여 있었다는 의미가 되는 것이었다.

 그런 낙양 지부가 종리군이 직접 참여하지 않은, 그저 종리군의 무수한 패거리 중 하나에 의해 지리멸렬(支離滅裂)했다는 것이 도저히 이해되지 않는 만해거사였다.

 그의 질문을 받은 두 여인은 동시에 똑같이 긴 한숨을 내쉬며 고개를 흔들었다.

 "그건 만해거사께서 모르셔서 하는 말씀이우."

 도파파가 한숨을 쉬며 입을 열었다.

 "이곳 낙양을 장악한 종리군 일당의 수는 대략 천 명 정도 된다오. 그들의 우두머리는 여러분들께서 하룻밤 묵었던 오룡객잔의 지배인인 공 늙은이로, 그자는 과거 소중참도(笑中斬刀)라는 별호로 불렸던 인물이오."

 일순 만해거사가 저도 모르게 소리쳤다.

 "소중참도 공백인(工百忍)!"

3. 소중참도(笑中斬刀)

 느닷없는 만해거사의 고함에 화군악은 깜짝 놀라며 그를 돌아보았다.

 "아시는 사람입니까?"

 "물론이네. 어찌 그 별호를 모르겠는가? 당시 정사대

전을 겪은 사람이라면 적어도 한두 번 이상은 그 악랄한 별호를 들어 봤을 거네."

만해거사는 기가 질린다는 표정을 지으며 고개를 홰홰 내저으며 말을 이어 나갔다.

"소중참도는 곧 소리장도(笑裏藏刀)와 같은 말일세. 웃음 뒤에 칼을 숨기고 있다는 의미지. 하지만 이 공백인이 숨기고 있는 칼은 그냥 조그만 비수가 아닌, 단숨에 상대의 목을 참수할 정도의 커다란 칼이라네."

"그 정도로 커다란 칼이라면 애당초 숨기기 힘들지 않겠습니까?"

"무슨 소리! 그건 비유가 아닌가, 비유! 사람 좋아 보이고 인상 서글서글한 미소 뒤에 그만큼 커다랗고 흉악하며 잔인한 흉계와 살심이 감춰져 있다는 말이 아니겠나?"

만해거사의 말을 듣던 담호는 저도 모르게 어제, 그리고 오늘 문밖까지 나와 그들을 배웅하던 공 지배인의 그 인자하고 한없이 부드러운 미소를 떠올리고는 저도 모르게 부르르 몸을 떨었다.

잔악한 악마(惡魔)의 본성(本性)이 그 인자한 미소 뒤에 감춰져 있었다니, 만해거사의 말을 따르자면 세상에는 믿을 놈이 없는 것이다.

"당시 백도 정파 고수들 중 대략 백여 명 이상이 그 순진하고 순수해 보이는 미소에 속아 넘어가 목숨을 잃었다네. 등 뒤에서 칼에 찔려 죽거나 혹은 놈이 계획한 함정에 빠져 죽거나……."

만해거사는 고개를 설레설레 흔들며 중얼거리듯 말했다.

"세상에, 오룡객잔의 공 지배인이 그 소중참도 공백인이었다니……. 도대체 그 공 지배인을 보고 어찌 소중참도의 악랄한 행실을 떠올릴 수 있겠는가?"

담호는 내심 고개를 끄덕였다.

지금도 공 지배인의 미소를 떠올리면, 외려 저 도파파가 뭔가 잘못 알고 있는 게 아닐까? 사람을 착각한 게 아닐까? 하는 생각이 들었으니까.

"흠. 소중참도를 알고 계시니 이야기하기가 훨씬 쉬울 것 같구려. 어떻게 우리가 이렇게 패배하여 시궁쥐처럼 살고 있는지 말이오."

도파파는 눈물까지 글썽이며 말했다.

그녀는 소중참도 공백인이 천 명의 수하를 동원하여 어떤 방식으로 황계 낙양 지부를 함정에 빠뜨리고 각개격파를 했는지 설명하려고 했다.

하지만 바로 그때였다.

삐이익!

날카로운 호각 소리가 저 먼 곳에서 환청처럼 들려왔

다. 미처 소자양은 듣지 못할 정도의 미약한 소리였는데, 일순 도파파와 왕군려의 표정이 살짝 변했다.

"저건 무슨 소리입니까?"

화군악이 묻자 왕군려가 별거 아니라는 듯이 대답했다.

"가장 외곽에 펼쳐 두었던 경계망에 적이 침입했다는 신호예요."

"적이라면 종리군 일당?"

"그럴 겁니다."

"아니. 그럴 리 없소."

화군악이 웃으며 고개를 저었다. 왕군려가 눈을 동그랗게 뜨며 물었다.

"그럴 리가 없다니요?"

화군악은 미소를 감추지 않은 채 대답했다.

"그 녀석이라면 최소한 우리가 낙양을 떠날 때까지는 우리에게 손을 대지 않을 것이오. 그 정도 넉넉한 배짱과 여유와 아량은 가지고 있는 놈이오."

"하지만 소중참도 공백인이 종리군의 마음과 다르게 움직인다면요?"

왕군려가 지지 않고 반론을 펼치자, 화군악은 손가락 하나를 세워 그녀의 눈앞에서 흔들며 말했다.

"그 정도로 종리군이 제 수하를 단속하지 못할 거라고 생각하면 큰 오산이오."

왕군려는 살짝 화가 치민 듯 고운 눈썹을 찡그리며 재차 반론했다.

"만약 종리군을 위하는 마음으로 소중참도가 그의 지시에 따르지 않고 함부로 움직인다면요?"

"흐음."

화군악은 더는 대답하지 않은 채 가만히 왕군려를 바라보았다. 왕군려는 움찔거리며 물었다.

"왜, 왜요? 제 얼굴에 뭐가 묻었나요?"

"그게 아니라…… 어찌 그렇게 소중참도 공백인의 마음을 잘 알고 있나 해서 말이오."

"그, 그건……."

"그만큼 우리가 당해서라우."

도파파가 왕군려를 응원하듯 끼어들었다.

"그 작자가 얼마나 흉악하고 잔인하며 악랄한지, 직접 당해 보지 않은 사람은 전혀 알지 못한다우."

"그건 도 지부주 말씀이 맞네."

이번에는 만해거사가 한마디 거들었다.

"내가 듣고 경험한 소중참도 공백인이라면 충분히 제 주군의 명을 거역하고 독자적으로 움직일 인물이네. 그게 주군의 앞날을 위한 일이라면 말일세."

"으음."

화군악이 미약한 신음을 흘릴 때였다.

낙양(洛陽)의 사람들 〈205〉

삐이익!

이번에는 소자양도 흠칫거릴 정도로, 조금 전보다는 확실히 더 커진 호각 소리가 저 멀리에서 선명하게 들려왔다.

도파파와 왕군려의 안색이 동시에 변했다.

화군악이 짐작하여 물었다.

"다섯 번째 경계망이 무너지고, 네 번째 경계망도 위험하다는 신호입니까?"

"그래요."

왕군려가 입술을 깨물며 고개를 끄덕였다.

"생각보다 훨씬 많은 적이 몰려들었나 봐요. 이렇게 쉽게 무너질 방어선이 아닌데."

"뭔가 대책을 세워야 하는 게 아니오?"

"아직은 걱정하지 않아도 되오. 방어선은 이곳과 가까울수록 더 튼튼하고 단단하니. 적어도 두 개 정도의 방어선이 남아 있을 때까지는……."

도파파가 화군악들을 안심시키고자 할 때였다.

삐이익!

이제는 훨씬 더 선명하고 커져서, 마치 바로 귀에다 대고 부는 듯한 호각 소리가 좀 더 가까운 곳에서 들려왔다.

일순 도파파와 왕군려는 안색이 급변하여 서로를 돌아

보았다. 생각보다 훨씬 빠르게 호각 소리가 들려왔던 까닭이었다.

호각 소리가 처음 들려온 다음 약 일각가량의 시간이 소요된 뒤에야 두 번째 호각이 들려온 것과는 달리, 세 번째 호각은 일각의 반도 되지 않아서 들려왔다.

아무래도 적의 파상공세(波狀攻勢)가 시작된 모양이었다.

"아무래도 슬슬 일어나야겠구려."

도파파는 조금 전에 했던 장담을 취소하며 그렇게 말했다.

"이대로라면 세 번째 방어선이 무너지는 것도 시간문제, 이제는 다른 곳으로 이동해야 할 것 같구려."

도파파는 그렇게 말하며 왕군려에게 고개를 끄덕였다.

"네가 안내하렴."

왕군려가 곧바로 자리에서 일어나 벽장을 한쪽으로 밀어내자, 조그만 철문이 모습을 드러냈다.

'역시.'

담호는 새삼 감탄했다.

이 상황에도 이미 비상 탈출구를 마련해 놓은 것을 보면 확실히 황계 지부다운 준비였다.

왕군려는 철문을 열며 말했다.

"워낙 다급하게 마련한 까닭에 통로가 좁아요. 그러니

다들 조심해서 제 뒤를 따라오세요."

아닌 게 아니라 겨우 금고만 한 크기의 구멍이었다. 서거나 앉아서 이동하는 건 당연히 불가능했고, 결국 기어서 그 구멍 안의 통로를 이동할 수밖에 없었다.

왕군려는 마치 시범을 보이기라도 하듯 그 구멍 안으로 기어 들어갔다. 그녀의 탐스러운 엉덩이가 좌우로 씰룩거리며 구멍 안으로 사라졌다.

"지부주는?"

화군악은 도파파를 돌아보며 물었다. 도파파는 어깨를 으쓱거리며 말했다.

"여기 남아 있을 것이오."

일순 만해거사와 담호, 소자양의 얼굴빛이 변했다.

만해거사가 다급하게 말했다.

"아니, 굳이 이곳에 남아 있을 이유가 어디 있소? 우리와 이곳을 빠져나갑시다."

도파파는 고개를 흔들며 말했다.

"우리 모두 저 안으로 들어가면 누가 철문을 닫고 벽장을 원상태로 돌려놓겠소?"

"그건……."

"그리고 나는 내 방식대로 놈들을 피해 도망칠 것이오. 놈들을 괴멸시킬 때까지는 절대 죽을 생각이 없으니, 나는 걱정하지 마시고 얼른 들어들 가시구려."

그때였다.

삐이익!

강렬한 호각 소리가 들려왔다. 세 번째 방어선이 무너지고, 두 번째 방어선도 위태롭다는 신호였다.

더는 망설일 시간이 없었다.

"그럼 몸조심하십시오."

화군악은 도파파에게 그렇게 말하며 빠르게 구멍 안으로 기어 들어갔다. 그 뒤를 따라서 만해거사와 소자양, 그리고 담호가 기어 들어갔다.

쿵! 하는 소리와 함께 철문이 닫혔다.

소리로 보건대 칼이나 도끼로는 절대 파괴할 수 없을 정도로 두꺼운 철문이었다. 그리고 그그궁, 벽장이 움직이는 소리가 들려왔다.

그것으로 이 탈출구는 완벽하게 감춰졌다.

7장.
함정(陷穽)

화군악은 그 자세를 유지한 채
내공을 전력으로 끌어내 장심(掌心)에 불어넣었다.
한없이 차가운 한음지력(寒陰之力)과 또 한없이 뜨거운 열양지력(熱陽之力)이
조화를 이루며 그의 장심에 모여들었다.
일순 화군악은 그대로 내력을 발출했다.

함정(陷穽)

1. 비참한 말로(末路)

통로는 칠흑처럼 어두웠다. 또한 통로는 두 팔과 무릎을 이용해서 엉금엉금 기어가야만 할 정도로 좁았다.

화군악 일행은 묵묵히 그 좁을 통로를 따라 기어갔다.

툭!

문득 화군악의 이마에 부딪치는, 부드러우면서도 탱탱한 무언가가 있었다.

"조금 거리를 둬요!"

왕군려의 부끄러워하는 목소리가 바로 화군악의 코앞에서 들려왔다. 화군악의 이마에 부딪힌 것은 다름 아닌 그녀의 궁둥이였다.

화군악은 저도 모르게 천조감응진력을 극한으로 올렸다. 그러자 아무것도 보이지 않던 주변이 희미하게 밝아지더니, 바로 앞에서 씰룩거리며 움직이는 왕군려의 탐스러운 엉덩이가 보였다.

 아직 아이를 낳지 않아서 펑퍼짐하지 않은, 하지만 젊고 탐스러운 복숭아 형태를 갖춘 채 좌우로 꿈틀거리며 움직이는 그 탱탱한 엉덩이를 보게 되자, 지금 이 다급하고 긴박한 상황에는 전혀 어울리지 않게 화군악의 아랫도리가 절로 불끈 서고 말았다.

 화군악은 모든 천조감응진력을 안력(眼力)에 집중했다. 왕군려의 엉덩이가 더욱 확실하게 보였다. 조금만 더 가까이 다가가면 그 땀으로 축축하게 젖어 있을 엉덩이 속살 냄새도 맡을 수 있을 것 같았다.

 하지만 화군악은 군자(君子)처럼, 그 음습하고 변태적인 욕망을 거둬들이며 다시 천조감응진력을 청각(聽覺)으로 돌린 다음, 통로 밖 도파파가 있던 방의 소리에 집중했다.

 하지만 방에서는 아무런 소리가 들리지 않았다. 아직 놈들이 방까지 침입하지 못했는지, 아니면 도파파도 이미 그곳을 떠난 것인지 개미 한 마리 움직이는 기척도 없었다.

 그때였다.

"다 왔어요."

왕군려의 목소리와 함께 통로 앞쪽의 철문이 열렸다. 동시에 감당할 수 없는 빛이 좁은 통로 안으로 들어왔다.

사람들은 저도 모르게 두 눈을 질끈 감거나 고개를 돌려 그 빛을 피했다.

만약 화군악이 그때까지 극한의 천조감응진력을 안력에 집중하고 있었더라면 그 새하얀 빛을 감당하지 못하고 눈이 멀었을지도 몰랐다.

말 그대로 화군악의 군자다운 생각과 행동이 그의 시력을 살려 준 것이었다.

"잠시만 이곳에서 기다리세요. 바깥 상황이 어떤지 확인하고 돌아올 테니까요."

왕군려는 그렇게 말하며 좁은 구멍을 빠져나갔다. 시야를 가득 메우고 있던 그녀의 엉덩이가 사라지자 화군악은 왠지 모를 아쉬움에 절로 한숨을 흘렸다.

그걸 곡해한 것일까.

왕군려가 구멍 안쪽으로 고개를 들이밀며 배시시 웃었다.

"너무 걱정하지 마세요. 이곳은 할머니와 저만 아는 안가(安家)이니까요."

그 소리를 끝으로 철컹! 소리를 내며 다시 철문이 굳게 닫혔다. 뒤를 이어 이번에는 철컥, 하며 걸쇠까지 잠그는 소리가 들려왔다.

일순 화군악은 고개를 갸웃거렸다.

"굳이 걸쇠까지 걸어 잠글 이유가 어디 있을까?"

그렇게 중얼거리던 화군악의 안색이 급변했다.

"젠장!"

그는 저도 모르게 크게 소리쳤다.

함정(陷穽)이었다. 그것도 완벽한 함정. 그야말로 빼지도 박지도 못하게 만든 완벽한 함정에 빠진 것이었다.

뒤를 따라오던 만해거사가 움찔 놀라며 다급하게 물었다.

"무슨 일인가?"

화군악이 소리쳤다.

"당했습니다!"

"당하다니, 왕 소저가 당한 겐가? 저 밖에도 소중참도 놈들이 기다리고 있었던 겐가?"

"아니, 그게 아니라 우리가 당했다고요!"

화군악이 얼마나 크게 소리쳤는지 좁은 통로 안이 우렁우렁 울리며 흙먼지가 투두둑! 떨어져 내렸다.

깜짝 놀란 만해거사가 소리를 낮춰 말했다.

"조금 진정하게. 자칫 이 통로가 무너질 수도 있으니."

"그러니까요."

화군악은 아직도 화가 가라앉지 않은 듯 씩씩거리며 말했다.

"생각해 보세요. 칼 하나 제대로 뽑아 들지도 못하고 주먹 하나 제대로 휘두르지도 못할 좁은 공간이 아닙니까? 거기에 앞뒤 모두 두꺼운 철문으로 막혔으니, 그야말로 옴짝달싹하지 못하는 상황이 되고 말았잖습니까?"
"음?"
만해거사는 미처 화군악이 무슨 말을 하는지 이해하지 못하는 듯했으나, 이내 안색이 새파랗게 질리고 말았다.
"설마 우리가 이곳에 꼼짝없이 갇혔다는 뜻인 게냐?"
"네. 바로 그 말을 하고 있는 겁니다. 그야말로 대나무 통에 갇힌 쥐새끼처럼 오도 가도 못하게 되었다는 겁니다."
"아니, 왜?"
만해거사는 아직도 이해되지 않는다는 듯이 물었다.
"황계 사람들이 우리를 이렇게 가둘 이유가 어디 있다는 말이더냐?"
"저들이 황계 사람이 아니니까요."
화군악은 이제야 조금 화가 가라앉은 듯 길게 한숨을 내쉬고는 조금 차분해진 어조로 말했다.
"안 그래도 이상하다 싶었습니다. 계속해서 도파파가 십삼매를 총계주라고 불렀던 게 말입니다. 다른 지부주들 대부분 십삼매를 부를 때 총계주라고 하지 않고 십삼매라고 편하게 부르거든요."

그랬다.

황계의 북경 지부주 염근초도 강만리 일행과 대화를 나눌 때 그녀를 가리켜 총계주가 아닌 십삼매라고 불렀다. 딱히 공식적인 자리가 아닌 한에서는 어디까지나 십삼매는 십삼매였던 것이었다.

"아니, 왜 그걸 알면서도 속아 넘어간 게냐!"

만해거사가 소리쳤다.

투두둑!

순간 머리 위에서 흙먼지가 떨어지는 것이 금방이라도 무너져 내릴 것만 같았다. 만해거사는 움찔 놀라며 소리를 낮춰 말했다.

"뭔가 이상하다 싶었으면 내게 귀띔이라도 해 줘야 하지 않았느냐? 그랬더라면 나도 이렇게까지 마음을 놓고 방심하지 않았을 게 아니더냐?"

'아니, 애당초 사부께서는 그런 의심도 전혀 하지 않으셨잖습니까!'

화군악은 목구멍까지 차오른 목소리를 다시 가라앉히고는 한숨을 내쉬며 말했다.

"그러니까 말입니다. 모두 제 잘못입니다."

화군악의 말에 만해거사도 정신을 차리고 이성적으로 말했다.

"아니다. 나도 잘못했지. 어찌 너만 잘못했겠느냐? 그

추레한 노파의 새빨간 거짓말에 속아 넘어간 내가 잘못이다. 소중참도는 무슨 소중참도. 흥."

"아니, 확실히 공 지배인이 소중참도인 건 사실일 겁니다. 그리고 낙양 지부가 거의 괴멸되었다는 것도 거짓이 아닐 테고요."

"아, 그런데요."

화군악과 만해거사의 뒤쪽에서 가만히 대화를 듣고 있던 담호가 불쑥 입을 열었다.

"그럼 방어선을 뚫고 침범한 적은 과연 누구일까요?"

"같은 편이겠지."

화군악은 아무렇게나 대꾸했다.

"아니면 침범한 적도 없는데 괜한 호각 소리만으로 우리를 현혹한 것일 수도 있고."

"아무래도 그런 것 같구나. 호각만 불어 댔지, 싸우거나 고함치는 소리는 전혀 들려오지 않았으니까."

"아, 그것도 있었군요. 젠장! 왜 천조감응진력으로 바깥 상황을 살필 생각을 하지 않았을까?"

화군악이 입술을 깨물며 후회했다.

도파파의 청승도 청승이었지만, 왕군려의 봉긋한 가슴과 잘록한 허리, 탱탱한 둔부에 정신이 팔린 까닭이 컸다.

조금 전까지만 하더라도 화군악은 이 좁은 통로를 기어

오면서 그녀의 엉덩이를 살피느라 여념이 없지 않았던가.

'하여튼 계집 때문에 망할 거라는 말을 허투루 듣지 않았어야 했다.'

언젠가 그의 사부 야래향이 해 주었던 말이 떠올랐다.

-너처럼 계집을 밝히는 자는 결국 계집에 의해서 망하게 되기 마련이다. 그러니 조심하고 또 주의해라. 계집에 의해 망가진 사내처럼 비참한 말로(末路)는 없으니까.

2. 여우 같은 계집

"마냥 우리를 이렇게 가둬 놓을 수는 없지 않겠습니까?"

소자양이 초조한 목소리로 말했다.

"어떻게든 문이 열리는 순간, 그 틈을 노려서 반격한다면 그래도 아직 승산이……."

"헛소리."

만해거사 단번에 소자양의 말을 잘랐다.

"왜 저들이 문을 열겠느냐?"

"그럼 어떻게 우리를 죽이려고요?"

"그야 방법은 많지. 이 통로 전체를 무너뜨려 압사(壓

死)시킬 수도 있고, 굶어 죽거나 목이 말라 죽을 때까지 가만히 기다려도 되고."

"굶는 건 자신이 있습니다."

소자양이 씩씩하게 말했다.

"게다가 비상용으로 챙겨 둔 벽곡단(辟穀丹)도 제법 있으니까요. 굶어 죽은 척하고 기다리다 보면 문이 열릴 테고 그때를 이용해서……."

"하나만 알고 둘은 모르는 소리구나."

만해거사가 혀를 차며 말했다.

"네 말대로 굶는 거야 그렇다 치더라고 해갈(解渴)은 어찌할 생각이냐?"

"그, 그건……."

"사람은 굶어 죽는 것보다 목이 말라서 죽는 게 더 빠르다. 아무리 독하고 체력이 튼튼한 자라 할지라도 갈증은 버텨 낼 수가 없다. 게다가 이곳 꽉 막힌 통로의 공기로 우리가 얼마나 버틸 수 있다고 생각하느냐?"

만해거사의 질문에 소자양은 대답할 수가 없었다.

일반적인 사람의 극한 생존 능력의 한계는 과연 어떻게 될까.

평범한 사람의 경우 오 분지 일각 동안 숨을 쉬지 못하면 목숨을 잃게 되고, 물은 사흘 동안 마시지 못하면 죽게 된다.

음식은 제법 길어서 삼 개월 동안 먹지 않아도 버틸 수가 있는데, 어디까지나 공기와 물이 충분한 경우에서 그렇다는 것이었다.

물론 여러 수련을 거친 무림 고수일수록 그 한계가 길어지기는 하지만, 그렇다고 하루 이상 숨을 쉬지 않고 버티며 참는 고수는 없었다.

그제야 지금 상황이 얼마나 위험한지 깨닫게 된 소자양은 저도 모르게 벌벌 떨기 시작했다. 전혀 그렇지 않은데도 통로 안의 공기가 부족해서 숨을 쉴 수가 없는 것 같았다.

담호가 조그만 목소리로 그를 다독였다.

"괜찮아요. 반드시 살아날 수 있어요. 분명히 화 숙부와 만해 할아버지께서 뭔가 뾰족한 방법을 찾아내실 거니까요."

그 종교와도 같은 신뢰에 만해거사와 화군악의 심정이 천 근 바위처럼 무거워졌다.

화군악은 자세를 낮췄다.

그러고는 막힌 철문을 향해 손을 뻗었다. 쇠붙이 특유의 차가운 한기가 손바닥에 전해졌다.

화군악은 그 자세를 유지한 채 내공을 전력으로 끌어내 장심(掌心)에 불어넣었다. 한없이 차가운 한음지력(寒陰之力)과 또 한없이 뜨거운 열양지력(熱陽之力)이 조화를 이루며 그의 장심에 모여들었다.

 일순 화군악은 그대로 내력을 발출했다.

 콰아아앙!

 그의 엄청난 내력이 철문에 부딪치는 순간 격렬한 굉음이 터졌다.

 좁은 통로 안에 있던 이들은 귀가 멀 것 같은 굉음에 놀라 황급히 두 손으로 귀를 가렸고, 통로의 천장에서는 사람들의 머리와 어깨, 등 위로 흙무더기들이 우르르 쏟아졌다.

 금방이라도 좁은 통로가 삽시간에 무너질 것만 같은 충격이었다.

 하지만 철문은 멀쩡했다. 박살이 나지도, 금이 가지도 않았다. 아무래도 그 금고 같은 크기가 이 철문의 전부가 아닌 모양이었다.

 주변 벽 안쪽으로 거대한 철문을 세워 둔 채 그중 일부만을 벽 밖으로 보이게 해서, 마치 조그만 금고 모양의 철문인 양 오인하게 만든 게 분명했다.

 그렇지 않고서야 화군악의 강대무비(强大無比)한 장력 앞에서 저 조그마한 철문이 지금처럼 단단하게 버틸 수는 없었다. 모르기는 몰라도 최소한 송두리째 뜯겨 나가야만 하는 게 정상이었다.

 화군악이 이를 악문 채 철문을 향해 재차 장력을 퍼부

으려 할 때, 만해거사가 황급히 그를 말렸다.
"아서게. 그러다가 이 통로가 무너지는 게 먼저일 것 같으니."
아닌 게 아니라 조금 전의 충격으로 통로 천장 곳곳에 균열이 가 있었다. 조금이라도 충격을 더했다가는 그대로 무너질 것만 같은 모습이었다.
"젠장."
화군악은 이를 악물었다.
그러고는 천조감응진력을 펼쳐 철문 밖 기척을 살폈다. 왕군려가 깔깔거리며 웃는 소리가 희미하게 화군악의 귓전으로 스며들었다.
"멍청한 자식. 그렇게 팬다고 해서 부서질 철문이라면 아예 만들지도 않았다."
얼마나 철문이 굳게 닫혀 있었는지, 그래서 또 얼마나 방음(防音)이 잘되어 있었는지 화군악이 천조감응진력을 극한으로 끌어올리지 않았더라면 전혀 듣지 못할 비아냥이었다.
화군악은 이를 갈았다.
'내 밖으로 나가면 반드시 네년을 욕보이고 또 욕보이고 욕보일 것이다. 네년이 죽여 달라고 스스로 말할 때까지, 네년의 모든 구멍에 쑤셔 박을 것이다.'
화군악은 참으로 화군악다운 맹세를 하면서 다른 방도

를 찾기 시작했다.

'통로를 넓히는 건 어떨까? 철문 주변의 흙을 긁어 파내면 철문을 무너뜨릴 수 있지 않을까?'

하지만 그 파낸 흙은 어디에 두어야 할까.

파낸 흙을 통로 밖으로 배출하지 못하는 이상 아무리 흙을 파내도 소용이 없었다.

'그렇다면 군혼을 꺼내서 철문을 조각내는 건……'

지금 화군악의 내공과 태극혜검의 위력을 군혼에 실어 보낸다면 어쩌면 가능할 수도 있는 방법이었다.

문제는 허리춤에 있는 군혼을 꺼낼 수도 없다는 것이고, 또 꺼내 봤자 제대로 휘두를 공간도 없다는 점이었다.

화군악은 머리가 빠개져라 고민하고 또 고민했지만 아무런 소용이 없었다. 이 좁은 통로를 빠져나갈 방법을 전혀 찾을 수가 없었다.

그러는 동안 철문 밖에서 왕군려의 목소리가 다시 들려왔다.

"이제 오셨어요, 호귀(虎鬼) 어르신?"

"어찌 되었느냐?"

늙수그레한 목소리가 뒤이어 들려왔다. 장엄하고 비장하게 침몰하는 배와 선장 이야기를 하던 바로 그 도파파의 비열한 목소리였다.

그런 도파파를 두고 호귀라고 부르다니, 역시 이들은 확실한 공 지배인의 수하였다.

"어찌 되었기는요? 대나무 통에 갇힌 쥐새끼처럼 꼼짝달싹하지 못하고 있죠."

왕군려는 신이 난 목소리로 도파파에게 설명했다.

"그 미련 맞은 화군악이라는 녀석이 통로가 무너질지도 모르고 철문을 향해 장력을 쏘아 내지 뭐예요, 글쎄. 왜 주인 나리께서 저런 멍청이를 그토록 두려워하시는지 모르겠다니까요."

"그리 쉽게 말하지 말거라. 정면으로 부딪쳤다가는 수백 명 정도는 순식간에 해치울 능력을 지녔으니까."

"아무리 그런 능력을 갖추고 있다 한들 결국에는 저 좁은 통로에서 빠져나오지 못하잖아요? 그러니까 무공보다는 머리가 좋아야 한다니까요."

"그래, 그래. 이번에는 네 공이 컸다. 어쨌든 도망친 낙양 지부주를 잡기 위해 네가 만들어 두었던 이 함정을 이렇게나 유효적절하게 사용하게 될 줄은 전혀 몰랐다."

"그렇죠? 나중에 주인 나리께 한마디 해 주세요."

"한마디는 무슨. 아직 나도 주인 나리께 인사조차 드리지 못했는데."

"그럼 공 어르신께 한마디 해 주시든가요."

"그 정도는 해 주지. 이번에 화군악과 그 일당을 해치운 건 호랑(狐娘), 네 공이라고 말이다."

 천조감응진력을 이용하여 두 사람의 대화를 엿듣던 화군악이 절로 이를 갈았다.

 '호랑이라……. 확실히 그 별명이 어울리는구나. 이 여우 같은 계집!'

 그렇게 화군악이 속으로 중얼거릴 때였다. 왕군려, 아니 호랑이라는 별명을 지닌 여인이 화제를 돌렸다.

 "그런데 침입한 자들은 어찌 되었나요?"

 일순 화군악의 눈빛이 반짝였다.

3. 위기의 순간

 '진짜로 침입한 자들이 있었구나!'

 화군악의 머리가 빠르게 움직였다.

 '누구인지는 모르겠지만 분명 이곳이 어디인지 알고 왔을 것이다. 아마도 지하에 숨어들었던 낙양 지부 사람들이겠지. 몰래 숨어서 지켜보다가 우리가 위험에 처한 걸 알고 구해 주러 달려왔을 가능성이 크다.'

 화군악은 저도 모르게 고개를 끄덕였다.

 '그래야지. 그래야 황계의, 그것도 낙양에 있는 지부다운 행동이지. 아무리 궤멸하다시피 했다지만 끝까지 감추고 숨겨 둔 비장의 한 수 정도는 가지고 있는 게 당연하지. 그게 황계가 두렵고 무서운 점이자, 또 황계의 진정한 모습이기도 하고.'

화군악은 희망에 가득 찬 눈빛을 반짝이며 다시 철문 밖의 대화에 집중했다.

"글쎄다. 그곳은 아이들에게 맡기고 곧장 이곳으로 달려온 까닭에 어찌 되었는지는 모르겠다. 하지만 남은 두 방어선에는 백팔혈랑(百八血狼)이 있으니 그깟 낙양 지부의 잔존 세력 따위, 쉽게 해치웠을 것이다."

도파파, 아니 호귀라 불린 노파는 백팔혈랑에 대한 자부심이 상당히 큰 듯 그렇게 말했다. 그건 호랑도 마찬가지인 모양이었다.

"그렇죠. 하기야 백팔혈랑이 있는데 감히 누가 어쩌겠어요? 저 황백들조차 그들을 감당하지 못하고 몰살당했으니까요. 음?"

자랑스레 말하던 호랑의 목소리가 문득 이상하다는 듯 음조가 달라졌다.

"그렇다면 황백이 모두 몰살당했는데 누가 감히 우리의 방어선을 뚫고 있는 걸까요?"

"그야 인근 다른 성시에서 원군으로 온 황백들이겠지. 어쨌든 우리가 낙양 지부주를 놓친 이상, 다른 지역에서 원군을 요청할 거라는 것 정도는 어느 정도 예상해 두어야 하는 일이 아니겠냐?"

"그렇군요. 그러니까 결국 불을 보고 달려드는 불나방들이라는 거죠?"

"그렇지."

"그럼 더는 신경 쓰지 않아도 되겠네요. 이제 이 멍청하고 색욕(色慾)으로만 가득 찬 녀석을 어떻게 처리할지 즐거운 고민만 하면 되는 거네요. 정말이지, 아까 통로를 지나올 때도 막 제 엉덩이를 건드리고 뚫어지게 쳐다보는데 얼마나 소름이 끼쳤는지 몰라요."

호랑은 몸서리를 치며 말했다.

"제가 조금만 틈을 내줬다가는 엉덩이 사이로 코를 박았을 거예요."

화군악은 저도 모르게 움찔거렸다.

확실히 그는 그녀의 갈라진 엉덩이 사이로 코를 박으려고 했었고, 그걸 참기 위해 실로 무지막지한 인내력을 발휘해야 했었으니까.

호귀가 잔잔히 웃으며 말했다.

"그 덕분에 이렇게 쉽게 놈을 잡은 게 아니겠느냐? 만약 놈이 네 엉덩이에 흥분하지 않았더라면 반드시 우리의 허점을 파악해서 이 함정을 미리 눈치챘을 테니까."

"피잇. 그 정도로 머리가 좋은 것 같지는 않던데요?"

'빌어먹을 계집년! 죽일 때 죽이더라도 최소한 서른여

섯 번은 강간하고 죽일 것이다!'

화군악은 재차 맹세하며 계속해서 그녀들의 대화를 엿들었다.

그런 와중에 통로 안쪽 상황은 생각보다 심각해지고 있었다.

그 자리에 엎드린 채 꼼짝할 수 없다는, 숨조차 쉬기 벅찬 좁은 공간에 갇혀 있다는 공포와 두려움에 공황(恐惶) 상태가 된 것일까. 갑자기 소자양의 눈이 까뒤집히고 입에서 거품이 흘러나왔다.

담호는 소자양의 달라진 기척에 깜짝 놀라 뒤를 돌아보려 했지만 워낙 좁은 공간이라 고개조차 돌릴 수가 없었다.

"무슨 일이에요, 소 형님?"

담호가 다급하게 물었다.

하지만 소자양은 대답하지 않았다. 아니, 대답할 수가 없는 상황이었다.

그의 온몸은 사시나무처럼 떨며 경련하고 있었으며, 입에서는 게거품이 부글부글 끓어오르고 있었다. 그야말로 극도의 정신 착란 증세를 보이는 것이었다.

"만해 할아버지! 화 숙부! 소 형님이 이상해요!"

담호가 다급하여 만해거사와 화군악을 소리쳐 불렀다.

느닷없이 벌어진 상황에 만해거사와 화군악도 당황했다.

그러나 그들 또한 어찌해 볼 방도가 전혀 없었다. 애당초 몸을 돌려서 소자양의 상세를 확인할 수가 없었으니 손을 쓰는 건 더더욱 무리였다.

고민하던 만해거사가 담호에게 말했다.

"자양의 혈을 짚어서 재우도록 해 봐라."

담호의 눈이 휘둥그레졌다.

"혈을요? 어떻게요? 몸을 돌릴 수가 없는데요?"

"지풍으로 혈을 짚는 것 정도는 굳이 몸을 돌리지 않아도 되지 않느냐?"

만해거사의 말에 담호는 더더욱 난감한 표정이 되었다.

"하, 하지만 뒤돌아보지도 못하는 상황에서 어떻게 정확하게 혈을 가격할 수가 있겠어요?"

혈을 짚는 건 결코 쉬운 일이 아니었다.

최적의 위치를 한 치 오차도 없는 압력으로, 그것도 여러 곳의 혈도를 차례로 정확하게 눌러야만 비로소 제대로 혈을 짚었다고 할 수 있었다.

그러니 직접 상대의 신체에 손을 대지 않고 지풍을 발출하여 혈을 짚는 건 훨씬 더 어렵고 위험한 일이었다.

거기에다가 상대를 보지 않은 채, 단지 손가락만 뒤로 움직여서 혈도를 제압하는 건 거의 불가능한 일에 가까웠다.

"가능하다."

만해거사는 부드럽지만 단호한 어조로 말했다.

"너도 천조감응진력을 익혔으니, 모든 감각을 닫고 오직 등 뒤의 기척에만 집중하도록 해라. 심안(心眼)을 뜨고 심와(心窩)를 들여다보면서 자양이 지금 어떤 모습인지, 어떻게 엎드려 있는지 살피고 또 살펴보아라. 그리하다 보면 네 머릿속으로 자양의 형상이 떠오를 것이고, 그의 움직임이 희미한 그림자처럼 보이게 될 것이다."

담호는 심장이 쿵쾅거렸다. 말로만 들어 보아도 그건 자신이 해낼 만한 일이 아니었다.

하지만 그렇다고 포기할 수 없었다. 머뭇거릴 시간도 없었다. 지금 담호의 뒤에서는 소자양이 짐승의 소리를 내며 꿈틀거리고 있었다.

자칫 시간이 늦으면 그대로 주화입마에 빠지거나 혹은 정신 착란을 일으켜 두 번 다시 제정신을 차릴 수 없게 될 수도 있었다.

담호는 입술을 깨물며 눈을 감았다. 그리고 천조감응진력을 최대한 끌어올리며 마음속 깊은 곳을 향해 집중했다.

그 심와 한가운데로 소자양의 기척이 느껴질 때까지, 소자양의 모습이 그림자처럼 떠오를 때까지 그는 최선을 다해 집중하고 또 집중했다.

한순간, 만해거사의 목소리가 사라졌다. 온몸을 뒤덮

고 있던 흙무더기의 존재도 지워졌다. 모든 사물이 지워진 채 어두운 공간 속에 오로지 담호 혼자 떠 있는 것만 같았다.

담호는 그 감각을 소자양에게로 대입했다. 담호의 감각이 천천히 뒤로 이동하여 소자양의 기척을 느끼고 그 형상을 감지하고 그 움직임을 파악했다.

이마에 송골송골 땀이 맺히는 가운데 담호는 더욱 정신을 집중하였다.

시야와 청각이 가려져 완벽하게 무(無)가 된 공간 속, 소자양이 홀로 몸부림을 치고 있었다.

담호가 집중하는 순간 소자양의 전신 곳곳에서 별빛처럼 하나씩 빛이 나기 시작했다. 바로 사람의 신체에 있는 삼백육십여 개의 혈도였다.

담호는 면면부절(綿綿不絶) 호흡을 이어 나가면서 천천히 손을 뒤로 내뻗었다. 그의 손가락에 내력이 모여들면서 빛이 생겼다.

손가락에서 뻗어 나온 가느다란 빛줄기가 담호의 머릿속, 아니 마음속에 있는 소자양의 혈도를 찍었다.

일순 툭! 하고 줄이 끊어지는 느낌과 함께 소자양이 그대로 널브러졌다.

'설마…….'

담호의 안색이 급변했다.

혈을 제대로 짚지 못해서 죽은 걸까.

그때였다.

"잘했구나."

만해거사의 한없이 부드러운 목소리가 담호의 귓전으로 스며들었다.

"제대로 수혈을 짚었다. 이제 자양은 한동안 괜찮을 것이다. 자양이 깨어나기 전까지 이곳에서 빠져나가기만 한다면…… 그를 회복시키는 건 일도 아니란다. 정말 잘했다, 담호야."

담호는 그제야 안도의 한숨을 내쉬었다. 그 역시 가늘지만 확실하게 뛰고 있는 소자양의 맥박을 들었던 것이었다.

하지만 안도의 한숨도 잠시, 이내 담호는 초조한 표정을 지으며 생각했다.

'만약 소 형님이 깨어나기 전까지 이곳을 빠져나가지 못한다면, 그때는…….'

그렇게 담호가 불길한 생각을 하는 바로 그 순간이었다.

철컥!

갑자기 걸쇠가 열리는 소리와 함께 굳게 닫혀 있던 철문이 철컹! 하며 열린 것이었다.

8장.
오룡상가(烏龍商家)

'역시.'
염근초는 내심 감탄했다.
'하나를 말하면 그 하나에서 열 가지 단서를 찾는다'는
전직 포두 강만리다운 질문이었다.
이런 예리함을 가지고 있었기에
뒤늦게 뛰어든 강호무림에서도 끝까지 버티고 살아남는 건 물론,
외려 지금까지 승승장구하고 있는 것이리라.

오룡상가(烏龍商家)

1. 세력 다툼

염근초는 다시 수건으로 목덜미의 땀을 닦으며 말했다.

"그게…… 화 소협께서는 여러 가지 사건이 있어서 최소한 이틀 전까지는 악양부에 당도하지 못하셨습니다. 아, 그렇다고 화 소협 일행에게 무슨 큰 문제나 변고가 생긴 건 아닙니다. 그저 자잘한 사고와 사건들이……."

"역시 강호오괴, 그 늙은이들 때문이오?"

강만리는 그럴 줄 알았다는 얼굴로 묻자, 염근초는 쓴웃음을 흘리며 고개를 끄덕였다.

"사실 그렇기는 합니다만……."

"내 그럴 줄 알았소!"

강만리가 화를 벌컥 냈다.

"그 천방지축으로 날뛰는 늙은이들이 반드시 사고를 칠 줄 알았소! 흥! 그 전에 내팽개치거나 아예 죽였어야 하는데…… 괜한 오지랖과 어설픈 인정으로 끝까지 챙기고자 했던 것부터가 잘못이었소."

"자, 자. 화만 내지 마시고요. 형님이 그러시니까 염 지부주께서 아무 말도 못하시잖습니까?"

설벽린이 달래자 그제야 강만리는 "어흠." 하며 헛기침을 하고 고개를 끄덕였다.

"미안하오. 요즘 내가 이런저런 일에 시달리느라 예전과는 달리 화가 좀 많아졌소. 양해해 주시구려."

"잘 알고 있습니다. 황궁 일을 처리하느라 강 장주께서 그리 고생하신 걸 어찌 모르겠습니까? 또한 기껏 잡아넣었던 무리들까지 다시 풀려났으니, 그 기막힌 심정을 왜 모르겠습니까? 괜찮습니다."

염근초는 부드럽게 웃으며 말했다.

"황계는 강 장주의 집과 같은 곳입니다. 집 안에서조차 마음껏 성질을 부리지 못한다면 어디에서 화를 푸시겠습니까? 아무리 화를 내셔도, 설령 못난 꼴을 보이신다 할지라도 집안 사람들만 있는 자리입니다. 누가 감히 강 장주를 탓하겠습니까? 그러니 예의 같은 거 차리시지 않아도 됩니다. 적어도 이 북경 지부 안에서는 말입니다."

강만리는 염근초의 따스한 말에 마음이 절로 풀어졌다.

염근초는 역시 권모술수가 난무하는 북경부에서 십 년 이상 지부주 노릇을 하는 자다운 넉넉함과 노련함을 가지고 있었다.

강만리는 다시 헛기침을 하면서 입을 열었다.

"허험. 그래, 그 못된 늙은 망아지들이 도대체 어떤 사고를 친 것이오?"

"사실 사고는 그 못된 늙은 망아지들이 치기는 했지만 단초라고 할까, 계기를 준 전 화 공자이셨습니다."

염근초는 이후 화군악이 강호오괴를 제외한 채 소자양과 담호를 이끌고 창기들을 찾아간 일부터 시작하여, 한 무리의 여인들을 만나 도움을 준 것, 알고 보니 그 여인들이 자하신녀문의 제자들이라는 것, 그리고 그 치료 와중에 화군악이 묘령의 여인과 정사를 나누는 광경을 보게 된 강호오괴가 발작하여 그를 죽이려 했던 것까지 마치 곁에서 보고 겪은 것처럼 세세하게 설명했다.

이야기를 듣고 있던 사람들의 눈이 휘둥그레졌다.

"아니! 도대체 뭘 하고 다니는 거야, 화군악 이 녀석은!"

강만리는 힐끗 담우천을 곁눈질하면서 버럭 화를 냈다.

"계집이랑 재미를 볼 거면 저 혼자 보러 갈 것이지, 왜 상관없는 아이들을 데리고 가서 그 난리를 일으킨 거야?"

설벽린이 눈치도 없이 웃으며 말했다.

"저는 군악의 마음을 알겠는데요? 애당초 무림인이 숫총각이라는 건 자랑이 아니잖습니까? 게다가 계집을 모르는 것보다야 계집을 능수능란하게 다룰 줄 아는 게 훨씬 낫잖습니까? 저 같은 경우도 열세 살쯤에……."

"누가 자기 자랑을 하라고 했느냐?"

강만리가 황급히 설벽린의 말을 잘랐다. 그리고는 담우천을 돌아보며 고개를 숙였다.

"죄송합니다. 괜히 군악 때문에 담호가……."

"아니, 상관없다."

담우천은 냉정한 표정으로 고개를 저으며 말했다.

"나 역시 벽린의 말에 공감하니까. 사내라면 최대한 일찍, 그리고 최대한 많은 여인과 잠자리를 가져야 하는 법. 안 그래도 그 녀석이 조금 늦다 싶은 생각을 가지고 있었으니까."

"으음."

강만리는 입을 닫았다.

담우천마저도 자신과 생각이 달랐던 것이었다.

사실 강만리는 화군악의 행동과 생각 모두 마음에 들지 않았다.

만약 화군악이나 설벽린이 강만리의 아들 강정을 데리

고 창루에 간다고 했을 때 지금 담우천처럼 대수롭지 않게 여기고 넘어갈 수 있을까.

아니다. 강만리는 절대 가만 놔두지 않을 것이다.

'첫 경험이 늦고 빠르고를 떠나서, 그 선택은 오로지 본인만이 할 수 있는 것이니까.'

강만리는 그렇게 생각했다.

남자는, 아니 여자도 마찬가지이겠지만 첫 경험이란 다른 누군가의 강요나 도움 없이, 오롯하게 자신의 생각과 선택과 결정을 통해 이뤄져야 한다고 여겼다.

그래야 비로소 제대로 된 경험을 할 수 있는 것이고, 또 평생 동안 곱씹을 수 있는 제대로 된 추억으로 남는 것이라는 게 강만리의 평소 지론이었다.

'쳇 그렇다면 다들 눈이 휘둥그레진 건 첫 경험 때문이 아니라 자하신녀문이라는 문파 때문이었겠군.'

강만리는 속으로 투덜거리면서 입을 열었다.

"허험. 어쨌든…… 그 자하신녀문이라는 문파가 도대체 어떤 곳이오?"

"아니, 그것도 모르십니까?"

설벽린이 놀라 되물었지만 강만리는 불끈 쥔 주먹을 그의 얼굴에 대는 것으로 입을 다물게 만들었다.

염근초가 희미하게 웃으며 자하신녀문과 해남검파에 대해서 이야기했다.

오룡상가(烏龍商家) 〈241〉

"해남검파가 자하신녀문의 하인들이라고요?"

해남검파는 들어 본 적이 있던 강만리가 깜짝 놀랐다.

염근초는 고개를 끄덕이며 계속해서 자하신녀문에 대해 설명했다. 그리고 자하신녀문의 문주가 이른바 검후(劍后)라고 불린다는 것까지 이야기했다.

'으음. 그러고 보니 검후에 관한 이야기는 들어 본 기억이 있는 것 같다. 수십 년에 한 번씩 홀연히 나타나서 뭇 강호 고수들과 일검(一劍)을 나누고 다시 홀연히 사라진다고 했던가? 그리고 수백 년이 흐른 지금까지 단 한 번의 패배도 없었다고 했던가?'

강만리는 잠자코 검후에 대한 기억을 떠올렸다.

그러는 동안에도 염근초의 이야기는 계속 이어지고 있었다.

"어쨌든 그렇게 해서 강호오괴는 정주로 가는 길목에서 목숨을 잃게 되었습니다. 그리고 화 공자 일행은 다시 정주로 향했는데……."

그 와중에 산동팔빈과 마주치고 그들과 동료들을 죽인 후, 전왕 한백남의 주살령을 받고 쫓기게 된 부분까지 설명했다. 고봉진인이 혀를 찼다.

"정말 며칠 사이에 파란만장한 일들이 벌어졌군그래."

"그러니까요. 정말 재미있었겠어요."

설벽린은 자신이 미처 그 자리에 없었던 게 안타깝다는

듯한 얼굴로 그렇게 말했다.

강만리는 한 차례 그를 노려보고는 다시 염근초에게 물었다.

"그래서, 지금은 어디 있소?"

"그들은 정주의 뒷골목을 주름잡고 있는 백마당에서 은신하는 중입니다. 아마도 그곳에서 며칠을 보낸 후 바로 낙양으로 출발할 거라고 예상하고 있습니다."

"흐음, 낙양이라……. 곧장 악양부로 가다가는 전왕 무리에게 쫓길까 봐 낙양으로 우회하겠다는 심산이었겠구려."

"그렇습니다. 그런데 문제는……."

문득 염근초의 얼굴에서 웃음기가 사라졌다.

"문제가 또 있단 말이오?"

강만리가 이제는 진이 다 빠진다는 듯 한숨을 쉬며 그렇게 물었다.

"죄송합니다만……."

염근초가 고개를 끄덕이며 대답했다.

"지금 낙양부에는 황계의 지부가 없는 상황입니다."

일순 사람들의 눈이 또다시 휘둥그레졌다.

"아니, 그게 무슨 소리요? 일개 현도 아니고, 낙양부와 같은 거대한 성시에 황계 지부가 없는 상황이라니 말이오?"

"그게······."

염근초가 면목이 없다는 표정을 지으며 말했다.

"세력 다툼에 밀려 거의 궤멸당한 상황입니다."

"세력 다툼?"

강만리의 좁쌀만 한 눈이 커졌다.

세상에 그 어느 조직이 있어서 감히 황계와 세력 다툼을 벌일 수 있단 말인가?

2. 오룡상가(烏龍商家)의 주인

황계는 기본적으로 강호 무림에 일하는 하급 계층의 조직이라 할 수 있었다.

객잔이나 주루에서 일하는 점소이, 찻집에서 일하는 다박사(茶博士), 기루의 기녀들, 노류장화(路柳墻花), 장원의 하인들 등 모든 부류의 하층 계급 사람들이 가지고 오는 정보와 소식으로 운영이 된다고 할 수 있었다.

그리고 그게 다른 정보 조직인 개방이나 흑개방 등과 다른 부분이었다.

그런데 일 년 전, 낙양에서 기이한 일이 벌어지기 시작했다. 오룡객잔의 지배인인 공 지배인이 자신의 영향력을 발휘하여 모든 객잔과 주루, 기루 등에서 일하는 자들을 자신의 밑으로 끌어들이기 시작한 것이었다.
 사실 하루 벌어서 하루 먹고 살아가는 하루살이 인생들에게 있어서 조직에 대한 충성도라는 것이 그리 대단한 게 아니었다.
 원래 몸담고 있던 업장(業場)보다 조금이라도 더 많은 돈을 준다면 언제든지 그곳으로 옮겨 갈 수 있는 게 바로 그들이었다.
 공 지배인은 바로 그 점을 노렸다.
 황계 낙양 지부보다 세 배 많은 일당, 그리고 다섯 배 높은 정보비와 수고료.
 그것만으로 수백 명의 정보원이 낙양 지부를 떠나 공 지배인에게로 몰려들었다.
 공 지배인은 게서 멈추지 않았다.
 가장 밑바닥에 있는 정보원들을 쓸어 담게 되자 그는 곧 그 위의 정보원들, 그리고 상급 정보원들까지 손에 넣으려 했다.
 노류장화와 점소이, 하인들이 가장 아래 단계라면 바로 위 단계는 기루의 창기나 기녀, 도박장의 일꾼들, 가게의 점원들같이 일정한 지위를 가진 단골들이 있는 업장에서 일하는 자들이었다.
 그리고 가장 높은 단계의 정보원이라고 한다면 역시 높으신 분과 베갯머리 송사를 나눌 수 있는 여인들, 그리고 관아 등에서 온갖 잡일을 하는 하급 관리들이었다.

그렇게 무려 일 년에 걸쳐 대부분의 정보원을 빼앗기게 된 황계 낙양 지부는 결국 그 고유 기능과 존재 의의를 잃을 수밖에 없었고, 빼앗긴 정보원들을 되찾고자 필사의 전투를 벌였다가 외려 자신들이 궤멸당하고 만 것이었다.

거기까지 이야기를 들은 강만리가 고개를 갸웃거리며 질문을 던졌다.

"아니, 정보원들은 돈으로 빼앗아 갔다면 다시 돈으로 빼앗아 오면 되는 게 아니오?"

"물론 그리해 봤습니다."

염근초는 씁쓸하게 웃으며 대답했다.

"하지만 우리가 금액을 높이면 기다렸다는 듯이 다시 몇 배를 더 높이더군요. 그렇게 몇 차례 금액이 오갔지만 결국 자금력에서 밀릴 수밖에 없었습니다."

"희한하군요. 일개 객잔 지배인의 자금력이 황계 낙양 지부보다도 더 많다는 게 말이 됩니까?"

설벽린이 묻자 염근초가 고개를 끄덕였다.

"그래서 처음에 방심한 부분도 없지 않았습니다만······ 알고 보니 그 오룡객잔이라는 게 일개 객잔이 아니더군요. 우선 낙양에 있는 수십 개 객잔과 주루와 기루, 도박장들이 오룡(烏龍)이라는 이름을 함께 사용하고 있었습니다."

"호오."

설벽린이 눈을 동그랗게 떴다.

강만리 역시 이채의 눈빛을 빛내며 염근초의 이어지는 이야기를 들었다.

"즉, 오룡객잔은 오룡객잔 하나가 아닌, 이른바 오룡상가(烏龍商家)라고 할 수 있는 거대한 집단을 대표하는 객잔이었던 겁니다."

염근초는 고개를 휘휘 내저으며 말을 이어 나갔다.

"문제는 그게 전부가 아니라는 겁니다. 오룡이라는 상호(商號)를 사용하는 업장이 낙양에만 존재하는 게 아니었습니다. 나중에 확인해 보니 정주에도, 서안에도, 심지어 사천에도, 그리고 이곳 북경에도 오룡이라는 상호를 사용하는 업장들이 상당수 존재하고 있었습니다."

"아아……."

"혹시 그렇다면 말이오."

강만리가 신중한 표정을 지으며 입을 열었다.

"낙양에서 벌어졌던 그 황계 지부의 궤멸 사건이 다른 성시에서도 일어났거나 혹은 발생하는 중이 아니오? 그런 경우가 또 있지 않았소?"

'역시.'

염근초는 내심 감탄했다.

'하나를 말하면 그 하나에서 열 가지 단서를 찾는다'는 전직 포두 강만리다운 질문이었다.

이런 예리함을 가지고 있었기에 뒤늦게 뛰어든 강호무림에서도 끝까지 버티고 살아남는 건 물론, 외려 지금까지 승승장구하고 있는 것이리라.

"정확하게 보셨습니다."

염근초는 고개를 끄덕이며 말했다.

"낙양 사건 이후 뒤늦게나마 각 지역의 지부 상황을 살펴보니 벌써 다섯 군데가 같은 방식으로 무너졌거나, 무너지려 하고 있는 중이었습니다."

"아니, 그런 상황이 될 때까지 왜 각 지부주는 상부에 아무런 보고가 없었던 겁니까? 그리고 상부에서는 왜 그런 사실을 전혀 모르고 있었던 겁니까?"

설벽린이 답답하다는 듯이 물었다.

그에 염근초는 고개를 숙이며 대답했다.

"그게…… 크게 두 가지 이유가 있어서입니다. 하나는 우리 지부주들은 독자적으로 각 지부를 운영할 권리와 책임을 지고 있습니다. 그러니까 지부에서는 지부주가 십삼매와 같은 역할을 하는 셈이죠."

황계의 지부는 일반 조직들의 지부와 궤가 사뭇 달랐다.

일반 조직의 경우 모든 일을 처리할 때마다 상부에 보고하거나, 허락을 받아야 했지만 황계의 지부는 그렇지 않았다. 각 지부주는 총계주인 십삼매와 같은 권한과 책임을 지니고 지부를 운영했다.

즉, 그것은 그만큼 각 지부주들의 권력이 강하다는 것이며, 반대로 십삼매의 권력이 생각보다 약하다는 의미가 될 수도 있었다.

"물론 보고는 합니다. 일 년에 한 번씩, 총계(總契)가 열릴 때마다 대륙의 모든 지부주들이 한자리에 모여 십삼매에게 보고하고, 다음 할 일을 지시받습니다."

그 일 년의 성과가 좋지 않거나, 십삼매의 명을 따르지 않는 자가 있다면 십삼매는 바로 그 자리에서 지부주를 갈아 치울 수가 있었다.

임명(任命)과 해임(解任).

바로 그것이야말로 생각보다 권력이 약한 십삼매가 총계주의 역할을 제대로 수행할 수 있는 가장 큰 권한이었다.

"독자적인 운영과 그 책임, 거기에 일 년에 한 번뿐인 보고, 이 두 가지 때문에 각 지부주들은 십삼매나 주변 지부에다가 도움을 요청하지 못한 채 오직 자신의 힘으로만 상황을 타개해려 했던 것입니다."

"흠…… 독자적인 운영이라는 게 꽤 좋은 방법이라고 생각했는데 그만한 단점이 있군그래. 결국 지부주가 얼마나 제대로 된 판단을 할 수 있느냐, 하는 문제가 있단 말이네."

강만리는 염근초의 말을 듣다가 문득 혼잣말처럼 중얼거렸다. 그러자 설벽린이 고개를 저으며 딴죽을 걸었다.
"하지만 그 지부주를 임명하는 건 십삼매이니, 결국에는 모든 책임은 십삼매에게 있는 거겠죠."
"그렇기는 하지. 모든 책임은 결국 가장 높은 자리에 있는 자가 져야 하겠지. 또 그게 당연한 일이고."
 자리라는 건 결국 책임이 수반된다.
 어떤 자리는 권력을 행사하는 이상의 책임을 져야 하는 게 당연했다.
 하지만 지닌 권력은 행사하되 책임은 지지 않는 자들이 점점 더 많은 자리, 점점 더 높은 지리를 차지하고 있다. 그게 세상이 힘들고 어지럽고 살아남기 벅차게 된 원인 중 하나이리라.
"어쨌든 그래서……."
 염근초가 다시 입을 열었다.
"우리는 황계와 전면적으로 대치하는 그 오룡이라는 집단에 대해서 조사를 시작했습니다."
"당연한 수순이오."
 강만리가 고개를 끄덕였다.
"적을 치려면 먼저 그 적이 누구인지 어느 정도 힘을 지니고 있는지 어떤 배경이 있는지부터 조사하는 게 순리(順理)이니까."

강만리는 잠시 숨을 골랐다가 말을 이어 나갔다.

"전 대륙을 아우르는 조직력에다가 황계를 능가하는 자금력, 황계의 빈틈을 노리는 치밀한 계획, 이런 걸 생각하면 절대 무명소졸이 다룰 수 있는 집단이 아니오. 최소한 오대가문이나 금적산 같은, 조직력과 세력과 자금력을 동시에 동원할 수 있는 거대한 집단이 그 배경에 있을 것이오."

"그러니까 그게……."

염근초는 가만히 강만리의 말을 듣다가 입을 열었다.

"오룡상가(烏龍商家)…… 아, 오룡상가는 우리가 임의대로 붙인 명칭입니다만, 어쨌든 그 오룡상가의 주인은 아무래도 종리군이 아닐까 싶습니다."

"종리군!"

강만리는 저도 모르게 소리쳤다.

그것은 저 변방 너머 오랑캐의 땅, 여진의 본진에서도 회자하던 이름이었다. 심지어 유주 유랑객잔의 풍보 주인도 알고 있는 자였다. 게다가 이번 황궁 사건의 최후 배경이라고 짐작되는 자의 이름이었다.

그리고 종리군은 그야말로 동에서 번쩍, 서에서 번쩍하며 대륙과 새외를 넘나들며 종횡무진 활약을 벌이는 자의 이름이었다.

'대단하다, 종리군.'

강만리는 그렇게 종리군에 대해서 진심으로 감탄했다.

비록 적이지만 강만리조차 미처 상상하거나 예측하지 못한 일들을 손오공이 재주 부리듯 제 마음대로 펼쳐 내고 있는 것이었다. 어찌 감탄하지 않을 수가 있겠는가.

3. 종리군이라면

"확실히 종리군이라면……."

강만리는 고개를 끄덕이며 말했다.

"그만한 조직력과 자금력과 세력을 단숨에, 황계를 비롯한 다른 모든 세력이 전혀 눈치채지 못하는 사이에 끌어모아 하나의 상가(商家)를 만들어 낼 능력이 있는 인물이오."

그의 칭찬에 놀란 것일까. 설벽린이 눈을 동그랗게 뜨며 강만리를 돌아보았다. 강만리는 여전히 감탄을 멈추지 않은 채 말을 이어 나갔다.

"요 몇 년간 종리군이라는 이름을 들을 때마다 나는 놀라고 당황했소. 일개 개인의 힘으로 어찌 새외팔천을 하나로 묶고, 황궁의 배신자들을 조종하고, 또 오대가문과 동맹을 맺을 수 있을까 하고 말이오. 게다가 이제는 오룡상가라니, 그곳도 아예 황계의 정보 조직까지 다 쓸어 담으려는 오룡상가라니 말이오."

강만리는 염근초를 똑바로 바라보며 계속해서 이야기했다.

"황계는 자신들의 실수를 두고두고 후회해야 할 것이오. 그런 인재(人才), 아니 천재(天才)를 버리고 벽린이나 군악이나 나 같은 자를 무림오적에 합류시킨 것을 말이오."

설벽린이 눈살을 찌푸렸지만 아무 말도 하지 않았다. 그래도 자기 혼자 이름이 불린 것보다는 낫다는 생각이 언뜻 그의 뇌리를 스치고 지나갔다.

그는 힐끗 장예추를 돌아보았다. 장예추는 자신의 이름이 불리지 않는 것이 당연하다는 듯한 표정이었다.

"만약 무림오적에 종리군을 합류시켰다면, 그때는 무림오적 자체가 필요 없어졌을 것이오. 종리군과 담 형님, 이 두 사람이면 충분히 오대가문을 무너뜨리고 남았을 테니까."

"그건 너무 겸손한 말씀이십니다."

염근초가 고개를 저으며 말했다.

"물론 종리군이 뛰어난 인물이라는 것에 이의를 달 생각은 없습니다. 예나 지금이나 종리군은 확실히 뛰어난 인재였으니까요. 하지만 여기 계신 강 장주와 담 대협을 위시하여 설 공자와 화 공자, 그리고 장 공자까지 모두 그 종리군에 비해서 뒤떨어지는 인물들이 아닙니다. 아니, 최소한 한 가지 이상씩은 종리군보다 뛰어난 면이 있었고, 그래서 다섯 분을 무림오적의 자리에 모신 겁니다."

"으음. 그 말에 충분히 반박할 증거들은 많지만 지금 그게 중요한 게 아니니까."

강만리는 다시 화제를 화군악 일행에게로 돌렸다.

"그래서, 낙양으로 향한 군악 일행은 지금 어찌 되었소?"

"그게 아까도 말씀드렸지만······."

염근초는 머뭇거리다가 겨우 말을 이었다.

"낙양 지부가 거의 궤멸당한 상황이라 그들과 연락이 닿지 않습니다. 그런 이유로 화 공자 일행의 소식을 알 수가 없게 되었습니다."

"그렇다면 그 공 지배인인가 뭔가 하는 자의 술수에 넘어갔을 수도 있단 말이오?"

강만리의 다급한 어조에 설벽린이 웃으며 말했다.

"하하, 설마요. 공 지배인이 어찌 군악 일행이 오는 걸 눈치채고 뭔가 수작을 부리겠습니까?"

"그건 네가 종리군에 대해 잘 모르기 때문에 하는 말이다."

강만리는 잘라 말했다.

"종리군이라면 군악 녀석들이 낙양에 당도하는 즉시 알아차릴 것이다. 그리고 반드시 군악들을 함정에 빠뜨려서 해치우려 들겠지. 그렇게 되면 아무리 군악이라 할지라도 쉽게 빠져나오지 못할 것이다. 어쨌든 지금 낙양은 종리군의 본거지가 되었으니 말이다."

그렇게 말한 강만리는 날카로운 눈빛으로 염근초를 바라보며 물었다.

"군악들이 낙양에 당도하려면 얼마나 시간이 걸릴 것 같소."

"글쎄요. 아직 백마당에 머물러 있다는 마지막 전갈이 오늘 아침에 있었으니, 대략 사나흘이면 당도하지 않을까 싶습니다."

"그렇다면 최대한 빨리 연락을 취해서 낙양으로 가지 못하게 하면 되지 않습니까?"

"아니, 그건 안 된다."

설벽린의 제안에 강만리가 고개를 저었다.

"왜요?"

"당연하잖느냐? 군악이 말을 들을 거라고 생각하느냐?"

"그, 그건……."

"종리군이 낙양에서 자기를 기다리고 있다는 이야기를 듣자마자 곧바로 낙양으로 달려갈 놈이다. 그런 녀석에게 종리군 이야기를 들려주자고?"

"종리군 이야기만 쏙 빼놓으면 안 될까요?"

"당연히 안 되지. 종리군이 없는 마당에 공 지배인이라는 무명소졸이 황계 낙양 지부를 궤멸했다고 하면 당연히 도우러 나설 것이다. 의외로 그 녀석, 오지랖이 넓거든."
"이런 젠장."
"차라리 우리가 최대한 빨리 낙양으로 달려가는 게 최선일 것 같다."
강만리는 빠르게 상황을 정리했다.
"벽린 너는 계획대로 곧바로 고봉 진인과 함께 유주로 떠나라. 이곳 상황을 잘 설명하고 북해빙궁과 최대한 빠르게 연락을 취하도록 해라."
설벽린은 자신이 낙양에 함께 가지 못하게 된 것에 실망한 눈치였지만, 애당초 처음부터 유주로 가기로 한 이상 어쩔 도리가 없었다.
"알겠습니다. 그렇게 하죠."
"그리고 담 형님과 예추는 곧바로 낙양으로 향하시죠. 아무래도 우리보다는 발이 빠르니 말입니다."
"알겠네."
담우천이 당장 떠나려는 듯이 자리에서 일어나자 염근초가 황급히 입을 열었다.
"잠깐만요."
담우천과 뒤따라 일어서던 장예추가 그를 돌아보았다.
"낙양에 당도하시면 낙강(洛江) 북쪽에 제룡사(制龍寺)라는 절이 하나 있습니다. 그곳 산문(山門) 기둥에 이런 문양의 낙서를 그려 두시면 낙양 지부의 생존자들로부터 연락이 올 것입니다."

 염근초는 그렇게 말하면서 찻물을 손가락에 찍어 탁자 위에 묘한 문양을 그렸다. 글자도 그림도 아닌 것이 마치 고대의 문자(文字)처럼 보이기도 했다.

 담우천과 장예추는 그 기묘한 문양을 똑똑히 기억해 두었다. 그러고는 사람들을 향해 가볍게 고개를 끄덕인 후 곧바로 자리를 빠져나갔다.

 "정말이지, 말이 없는 분들이라니까요."

 염근초가 한숨을 내쉴 때 강만리가 진재건을 돌아보며 말했다.

 "수고스럽지만 진 당주는 나와 함께 낙양으로 가세. 앞으로도 진 당주의 많은 도움이 필요하네."

 '젠장. 진짜 일복이 터졌다니까.'

 진재건은 속으로 한숨을 쉬며 고개를 숙였다.

 "명을 따릅니다, 강 장주."

* * *

 여러 물길이 하나로 합쳐졌다가 다시 갈라지듯, 황궁을 나와 염근초를 만났던 강만리 일행은 세 개의 물길이 되어 흩어졌다.

 설벽린은 고봉진인과 함께 유주로 향했고, 담우천과 장

예추는 최대한 빨리 낙양에 당도하기 위해 쉬지 않고 경공술을 펼쳤다.

 그리고 강만리와 진재건 또한 염근초가 마련해 준 적혈마(赤血馬)를 타고 낙양으로 질주했다.

 화군악이 아직 백마당에서 흉마의 아들 마장군에게 마보(馬步)가 왜 중요한지 가르쳐 주고 있던 때의 일이었다.

9장.
제룡사(制龍寺)

쉴 수 있을 때 쉬어 두어야 한다.
비축해 둘 수 있을 때 비축해야 한다.
언제 무슨 상황이 어떤 식으로 발생할지는 아무도 모르는 일이다.
막상 상황이 벌어졌을 때 최선을 다하는 건 누구나 하는 일이다.

제룡사(制龍寺)

1. 동자승(童子僧)

 경공술(輕功術)의 기본은 몸을 가볍게 하여 한 번의 도약으로 최대한 멀리 뛰는 것이었다.
 멀리 도약할수록 당연히 마치 날아가는 것과 같은 모습을 연출하게 되는데, 그 도약의 거리에 따라서 그리고 속도에 따라서 경공술의 고하(高下)가 갈라지게 된다.
 보법(步法)은 접근전에서 공격을 피하거나 상대를 공격하는데 유용하게 사용하는 반면, 신법(身法, 혹은 迅法)은 아주 짧은 단거리를 최대한 빨리 질주하는 기술이었다.
 경공술은 장거리를 이동할 때 주로 사용하는데, 일반적

인 상승 고수의 경우 말보다 속도는 느리지만 그 지구력은 말보다 뛰어나다고 알려져 있었다.

 그런 까닭에 내공의 고수 중 일부분은 굳이 말을 이용하지 않고 경공술만으로 대륙을 종횡하기도 했다.

 하지만 지금 담우천과 장예추는 어지간한 말보다 빠른 속도로 전력 질주를 하고 있었다.

 주위 풍광이 세찬 바람과 함께 휘날리는 머리카락 뒤쪽으로 빠르게 지나갔다. 관도를 오가는 행인들은 워낙 빠르게 달리는 담우천과 장예추가 일으키는 돌풍(突風)과 흙먼지를 뒤집어쓴 채, 이미 저 멀리 날아가고 있는 그들을 향해 온갖 욕설을 퍼부었다.

 바람과 공간을 가르며 날아가듯 질주하는 담우천의 입가는 한일자로 굳게 다물려 있었다. 평소에도 말이 없는 그였지만 북경부를 떠나 불과 사흘 만에 정주를 지나치는 동안 그는 단 한 마디도 하지 않았다.

 그 사흘 동안 담우천이 휴식을 취한 건 겨우 세 시진에 불과했다.

 하루에 한 시진씩, 가부좌를 틀고 운기조식을 하며 내공을 새로 채우는 한편 잠자는 것도 그것으로 때우는, 그야말로 강행군(强行軍)의 연속이었다.

 '당연하겠지.'

 담우천의 뒤에서 바짝 달라붙어 따라가고 있는 장예추

는 지금 그의 속내를 충분히 알 것 같았다.

'이러니저러니 해도 결국 자신의 아들이 아닌가. 게다가 담호가 위험에 처할 수도 있는 상황이니만큼 아무리 무정한 담 형님이라 할지라도 초조하고 다급할 수밖에.'

담우천이 전력으로 경공술을 펼치는 만큼 장예추도 똑같이 전력을 다해야만 했다.

그나마 다행히 장예추는 담우천보다 내력을 아낄 수 있었는데, 담우천의 등 뒤에 달라붙은 채 달려 바람의 영향을 덜 받은 덕분이었다.

그렇게 내력을 비축한 장예추가 불쑥 입을 열었다.

"자리를 바꾸죠, 형님. 제가 앞장서겠습니다."

하지만 담우천은 대답하지 않았다. 듣지 못한 듯, 혹은 그럴 필요가 없다는 듯 그는 오로지 낙양을 향해 지면을 박차고 도약하며 날기를 반복했다.

'뭐, 힘이 떨어지는 것 같다 싶으면 내가 직접 앞으로 나설 수밖에.'

장예추는 가볍게 한숨을 내쉰 후 그대로 담우천의 뒤를 쫓아 낙양으로 질주했다.

다시 하루가 흐르고 밤이 되었다.

달빛이 교교하게 내리는 지면 위로 두 개의 신형이 허공을 가르며 쉬지 않고 날아갔다.

그렇게 영원할 것만 같았던 비약(飛躍)이 어느 한순간

거짓말처럼 멈췄다.

그리 멀지 않은 곳에서 물 흐르는 소리가 들려오고 있었다. 낙강(洛江)이었다.

어느새 낙양인 것이었다.

멈춰 선 두 개의 신형, 담우천과 장예추는 밤하늘과 주위를 둘러보다가 북쪽을 가늠하고 다시 신형을 날렸다.

한 시진가량 들판과 숲을 가르고 날아간 그들이 다시 경공술을 멈췄을 때, 그들의 앞에는 고즈넉한 사찰 한 채가 그 모습을 드러냈다.

그들은 천천히 사찰 산문으로 이동하여 현판을 올려다보았다.

제룡사(制龍寺).

염근초가 말했던 바로 그 사찰이었다.

이미 늦은 밤이었다. 제룡사는 사람 한 명 살지 않는 것처럼 조용했다. 불빛 한 점 없는 것이 마치 폐찰(廢刹)처럼 보이기도 했다.

"재미있군."

처음으로, 북경부에서 이곳 낙양 북쪽까지 달려오는 동안 단 한 마디도 하지 않았던 담우천이 처음으로 입을 열었다.

"용(龍)을 제압하는 절이라니. 마치 오룡(烏龍)을 두고 하는 말 같지 않은가?"

그렇게 담우천이 현판을 쳐다보며 중얼거리고 있을 때, 장예추는 서둘러 산문 기둥에다가 염근초가 가르쳐 주었던 그 기묘한 문양을 그려 넣었다.

"이제 어떻게 하죠?"

장예추는 담우천을 돌아보며 물었다.

"예서 낙양 지부 사람들을 기다려야 할까요? 아니면 우리가 직접 군악이 어디 있는지 수소문해야 할까요?"

"기다리자."

담우천은 무뚝뚝하게 말했다.

지금 담호가 어떤 위기에 처했을지 모르는 상황에서도 담우천은 냉정했다.

하기야 마구잡이로 이 거대한 낙양 땅을 들쑤신다고 해서 기다렸다는 듯이 화군악 일행이 나타날 리 만무했다. 차라리 낙양 지부의 생존자들을 찾아서 그들로부터 정보를 얻는 게 현명하고 더욱더 빠른 방법일 수 있었다.

두 사람은 곧 산문에서 떨어진 한적한 숲속에 자리를 잡고 가부좌를 틀었다. 운기조식을 시작하려는 것이었다.

멀리서 산새가 울었다. 풀벌레 소리도 희미하게 들려오는 밤이었다.

시간이 천천히 흐르는 가운데 어느덧 운기조식을 마쳤지만 그들은 자리에서 일어나지 않았다. 외려 그 자리에

드러누우며 잠이라도 청하려는 듯 눈을 감았다.

　아무리 경공술이 진기의 소모가 적은 수법이라고는 하지만 하루 십이 시진 내내 달리려면 절대 만만치 않은 내공과 체력이 소모되었다.

　아니, 일반적인 고수들은 절대 그렇게 내달릴 수가 없었다. 진기의 소모는 물론, 애당초 그렇게 달릴 수 있는 체력 자체가 없기 때문이었다.

　게다가 이들 두 사람은 겨우 하루 이틀 그렇게 내달린 게 아니었으니, 지금 그들의 신체 상황은 극도로 쇠약해져 있는 게 당연한 일이었다.

　쉴 수 있을 때 쉬어 두어야 한다. 비축해 둘 수 있을 때 비축해야 한다.

　언제 무슨 상황이 어떤 식으로 발생할지는 아무도 모르는 일이다. 막상 상황이 벌어졌을 때 최선을 다하는 건 누구나 하는 일이다.

　중요한 건 그렇지 않을 때, 남들이 쉬고 놀고 여유를 부릴 때, 그때부터 최선을 다해야 한다는 점이다. 그게 남들보다 한 걸음 앞설 수 있는 방법이자, 이 무림에서 살아남을 수 있는 방법이기도 했다.

　담우천과 장예추는 누구보다도 그런 사실을 잘 알고 있었다. 그들이 지금껏 수많은 역경을 겪으며 이렇게 건재한 이유가 바로 그것이었으니까.

그렇게 두 사람이 죽은 듯 누워 있는 동안에도 시간은 천천히 흘러서 어느덧 새벽이 밝아 오기 시작했다. 폐찰처럼 조용하고 스산했던 제룡사의 정문이 삐거덕 소리를 낸 것은 바로 그때였다.

누군가 사찰 밖으로 걸어 나오는 기척이 들렸다. 그리고 늘어지게 하품하며 투덜거리는 어린 목소리도 들려왔다.

"아, 차라리 놈들에게 잡히는 게 더 편하겠어. 매일 새벽같이 이게 무슨 짓이람? 그것도 왜 내가 꼭 앞마당을 쓸어야 하는 거야?"

뾰족하고 가는 것이, 아직 목소리가 변하지 않은 나이의 동자승(童子僧)인 모양이었다.

동자승은 연신 투덜거리며 사찰 정문에서 산문까지 빗자루로 지면을 쓸어 나갔다. 빗자루가 지면을 훑는 소리가 엉성한 걸 보니 아무래도 대충대충 쓰는 게 분명했다.

"어라?"

산문 앞에 이른 동자승의 입에서 살짝 놀란 목소리가 흘러나왔다.

"누가 이런 낙서를 했지? 어제 새벽에도 보지 못했는데?"

동자승은 그렇게 중얼거리며 잠시 그 산문에 그려진 낙서를 지켜보았다. 그러고는 갑자기 몸을 돌려 부리나케 사찰 안으로 뛰어 들어갔다.

2. 도파파(陶婆婆)

잠시 후 한 명의 늙은 여승(女僧)이 동자승과 함께 사찰 밖으로 모습을 드러냈다.
가뜩이나 작은 키에 허리까지 굽어서 겨우 지팡이에 의존하여 걷는 것이, 최소한 일흔 살은 족히 넘어 보이는 여승이었다.
"여기예요."
동자승은 서둘러 산문까지 뛰어가 낙서를 가리키며 말했다. 여승은 걷는 것조차 힘들다는 듯이 한 걸음씩 발을 떼어 겨우 산문 앞에 이르렀다.
여승은 산문 기둥에 그려진 낙서를 가만히 지켜보다가 고개를 끄덕이며 입을 열었다.
"북경 지부주의 전갈이로구나. 이 문양을 그린 사람들을 도와주라는 뜻이다."
동자승은 여승의 말에 눈을 동그랗게 뜨며 물었다.
"도와주라고요? 우리가 이 꼴인데 누굴 도와줘요? 번듯하게 지부가 유지되었을 때도 도와줄 수 있을까 말까 했을 텐데 말이에요."

"어쨌든 염 지부주의 전갈이니 들어줘야겠지. 우리가 할 수 있는 한도 내에서 도와주면 되는 게 아니겠느냐?"

"흠. 제룡사에서 하룻밤 묵게 해 줄 수는 있겠네요."

동자승은 어린 나이답지 않게 상당히 냉소적인 이야기를 하면서 주위를 둘러보았다.

"그나저나 도와 달라는 사람들은 어디 있을까요? 설마 우리더러 자기들을 찾아보라고 숨은 것도 아닐 테고요."

바로 그때였다.

"여기 있소."

숲 안쪽에서 무뚝뚝한 목소리가 들리는가 싶더니 어느새 늙은 여승과 동자승 앞에 두 명의 사내가 우뚝 서 있었다.

동자승이 깜짝 놀라 비명을 지르며 두어 걸음 물러났다. 반면 늙은 여승은 침착하게 두 사내를 쳐다보다가 손을 모으며 고개를 숙였다.

"삼가 황계 낙양 지부의 부주인 도(陶) 늙은이가 무림오적 두 분을 뵙는구려."

"무림오적이라고요?"

이번에도 동자승이 놀라 소리쳤다. 도 늙은이라고 자신을 소개한 늙은 여승이 동자승을 돌아보며 나무라듯 말했다.

"호들갑은 그만 떨고 어서 네 소개나 드려라."

새파랗게 빛이 날 정도로 빡빡 깎은 머리의 동자승은 여전히 놀란 얼굴로 두 사내를 바라보다가 뒤늦게 합장하며 입을 열었다.

"저는 할머니의 손녀이자 낙양 지부의 순찰당주(巡察堂主)인 왕군려(王裙麗)라고 해요. 순찰당이라고 해 봤자 이제 두 명밖에 남지 않았지만 말이에요."

놀랍게도 이 동자승은 남장여인(男裝女人)이었던 것이었다. 그것도 여인들에게 있어서 생명과도 같은 머리카락을 빡빡 밀어서 마치 동자승처럼 보이게끔 변장한 여인이었다.

두 명의 사내가 차례로 자신을 소개했다.

"담우천이라고 하오."

"장예추라고 합니다."

동자승, 아니 동자승으로 변장한 여인 왕군려는 놀란 가슴을 진정시키듯 길게 숨을 내쉰 후 고개를 설레설레 흔들며 입을 열었다.

"세상에나. 진짜 무림오적이시네요. 내 눈으로 무림오적 중 두 분을 직접 보게 되다니, 이게 무슨 영광인지 모르겠어요. 그런데 그 천하의 무림오적께서 어찌 우리에게 도움을 요청하셨을까요? 차라리 우리를 도와주려고 오셨다면야 쌍수를 들어 환영했을 텐데."

그녀는 담우천과 장예추가 뭐라 말할 틈도 주지 않은

채 종알종알 떠들었다.

"아, 우리 낙양 지부가 거의 궤멸당했다는 사실은 알고 계신 거죠? 할머니와 저를 비롯해서 이제 겨우 열두 명밖에 남지 않았거든요. 겨우 이 정도 인원으로 어찌 무림 오적께 도움을 드릴 수 있을지 정말 벌써부터 걱정이네요."

"그만 좀 해라."

보다 못한 여승이 그녀를 나무랐다. 그제야 겨우 왕군려의 입이 다물어졌다.

여승은 담우천과 장예추를 돌아보며 말을 이었다.

"염 지부주의 전갈은 매우 간략해서 그 세세한 내용까지는 미처 알 수 없구려. 도대체 우리가 두 분을 어찌 도와드리면 되는지 알고 싶은데……."

담우천은 그제야 입을 열었다.

"사람을 찾아주시오."

"사람이요?"

이번에도 왕군려가 눈을 동그랗게 뜨며 끼어들었다.

"죄송하지만 우리가 지금 사람을 찾아 드릴 때가 아니거든요. 놈들에게 쫓겨서 이 스산한 제룡사에 몰래 숨어 있는 걸 직접 보셔 놓고서도 어찌 그런 부탁을 하실 수가 있는 거죠? 도대체가……."

"그만 좀 하라니까."

여승이 살짝 언성을 높이자 왕군려는 얼른 말을 멈췄다. 아무래도 다른 사람은 몰라도 제 할머니만큼은 꽤 어려워하는 게 분명해 보였다.

　하지만 그녀의 입술이 댓 발이나 튀어나온 걸 보면 역시 불만 가득 차 있는 것도 사실이었다.

　"미안하오. 하나뿐인 핏줄이라 애지중지 키웠더니 아주 버릇이 없게 자랐다오."

　늙은 여승의 사과에 담우천은 고개를 저었다.

　"괜찮소, 도 지부주."

　"편히 말씀하시구려. 평소 사람들에게는 도파파(陶婆婆)라고 불리니까, 그리 불러 주시면 된다오."

　"그럼 본론으로 들어가죠, 도파파."

　이번에는 장예추가 입을 열었다.

　"낙양에서 무슨 일이 벌어졌는지는 이미 알고 왔습니다. 또한 이곳 낙양이 종리군의 본거지라는 것도 익히 알고 있습니다."

　"종리군이요?"

　또다시 왕군려가 끼어들었다.

　"종리군이라는 사람이 누구죠? 애당초 지금 낙양은 오룡객잔의 공 지배인이…… 아! 설마 그 종리군이라는 자가 공 지배인의 주인인가요?"

　"그렇소."

장예추가 고개를 끄덕이며 말할 때, 잠시 기억을 더듬고 있던 도파파가 문득 생각났다는 듯 살짝 눈을 휘둥그레 뜨며 입을 열었다.

"종리군이라면 설마 그 종리 노대(老大)의 손자? 무림오적의 후보로 올라서 마지막까지 경합하다가 아깝게 떨어졌던 그 종리군 말씀이시오?"

"그렇습니다."

"허어. 어쩌다가 종리 노대가 그런 손자를 두게 되었을꼬?"

도파파는 종리군의 할아버지인 종리 노대와 상당한 친분이 있었던 듯, 도저히 믿지 못하겠다는 표정을 지으며 한숨을 내쉬었다.

장예추는 슬쩍 왕군려를 바라보았다.

무엇이 찔렸을까. 왕군려가 발끈했다.

"왜 그런 눈빛으로 절 보는 건데요? 설마 종리 노대라는 노인네가 그런 손자를 둔 거나 우리 할머니가 저를 둔 거나 다를 바가 없다는 뜻인가요?"

'잘 알고 있군그래.'

장예추는 아무 대꾸도 하지 않고는 다시 도파파에게 시선을 돌리며 입을 열었다.

"어쨌든 이곳 낙양에 제 동료, 화군악이라는 친구와 그 일행이 있을 겁니다. 아무래도 군악과 종리군 사이에 악연이 있는 이상 그들을 가만히 놔두지 않을 거라고 예상했고, 그래서 이렇게 도파파를 찾아온 겁니다."

"무슨 악연인데요?"

왕군려가 궁금하다는 듯이 물었지만 도파파와 장예추는 그녀는 전혀 신경 쓰지 않은 채 대화를 이어 나갔다.

"흠. 그렇다면 지금 화군악, 화 공자와 그 일행이 어디에 있는지 알아봐 달라는 것이겠구려?"

"그렇습니다."

"그 와중에 만약 화 공자가 공 지배인…… 아니, 종리군과 얽혀 있다면?"

"당연히 그들을 배제(排除)해야겠지요."

일순 왕군려의 눈빛이 일말의 기대로 반짝였다. 하지만 곧 그녀는 고개를 저으며 말을 꺼냈다.

"그건 저들이 얼마나 무섭고 대단한 놈들인지 몰라서 하시는 말씀이에요. 아무리 무림오적이라고 한들 겨우 두 분만으로는 어찌해 볼 수……."

장예추는 그녀의 말이 들리지 않는 듯 계속해서 도파파에게 이야기했다.

"도파파께서는 그들이 지금 어디에 있는지만 찾아주시면 됩니다. 그 외의 모든 일은 우리가 책임지겠습니다."

"알겠구려."

도파파가 고개를 끄덕였다.

"비록 부족한 능력에 없는 자원이기는 하지만 최선을 다해서 화 공자 일행을 수소문해 보겠소. 그동안 두 분께서는 잠시 제룡사에 머무르며 휴식을 취하시기 바라오."

도파파의 말에 장예추는 담우천을 돌아보았다. 담우천이 고개를 끄덕였다.

장예추는 다시 도파파를 바라보며 말했다.

"그렇게 하겠습니다. 꼭 좀 부탁드립니다."

3. 왕군려(王裙麗)

제룡사는 폐찰이 아니었다.

단지 그 거대하고 넓은 경내와는 어울리지 않을 정도로 퇴색(退色)한 단청(丹靑)과 아무렇게나 자란 잡풀들 때문에 마치 폐찰처럼 보일 따름이었다.

그렇게 제룡사가 관리되지 않은 이유에는 몇 가지 있었겠지만, 그중 하나는 바로 제룡사의 중들 수가 매우 적다는 부분이었다.

겨우 십여 명에 불과한 인원으로 그 거대한 사찰을 관리하는 건 확실히 불가능에 가까운 일이었다.

그래도 오십여 년 전만 하더라도 제룡사는 백여 명 이상의 중들과 오십여 명 이상 되는 불목하니와 하인들이

상주하는 거대한 사찰이었다.

하지만 당시 낙양 관아와 갈등이 생긴 이후, 관아의 지속적인 훼방과 윽박질을 견디지 못하고 하나둘씩 중들이 사찰을 떠나면서 제룡사의 추락이 시작되었다.

그리하여 이십여 년 전, 끝까지 버티고 있던 주지(住持)마저 병환으로 목숨을 잃게 된 후 제룡사는 유명무실(有名無實)한 사찰이 되고 말았다.

이후 제룡사는 오갈 데 없는 걸인(乞人)이나 야반도주한 이들의 은신처가 되기도 하였다가, 작금에 이르러서는 십여 명 가까운 중이 새롭게 사찰을 운영하는 중이었다.

물론 그 뒷배경에는 황계 낙양 지부가 있었으니, 그런 연유로 도파파와 왕군려가 스님 분장을 하고 이곳에 숨어 있을 수가 있었던 것이었다.

"공 지배인은 그 사실을 모르고 있습니까?"
"알 리 없지요."

고즈넉한 방장실(方丈室)에서 도파파의 이야기를 들은 장예추가 묻자 도파파가 웃으며 고개를 끄덕였다.

"우리가 이곳 제룡사를 후원한 게 대략 이십여 년 정도 되었다오. 그리고 공 지배인이 낙양에 자리를 잡은 건 십여 년 전이었으니, 우리와 제룡사와의 관계를 눈치챌 수가 없는 일이 아니겠소?"

"으음."

장예추는 잠시 생각하다가 입을 열었다.

"그렇다면 이곳 스님들은 도파파의 정체를 알 텐데, 그들이 돈이나 공(功)을 탐하여 공 지배인에게 비밀을 폭로할 가능성은 없습니까?"

"가능성이야 왜 없겠소? 사람 마음을 일일이 들여다보지 못하는 이상, 그 속내를 어찌 알 수 있겠소? 하지만 내 자식처럼 키운 아이들이라 아마 그 확률은 매우 작다고 생각하고 있소이다. 게다가 그런 아이들마저 나를 배신한다면 체념하고 받아들일 수밖에 없지 않겠소?"

도파파의 말에 장예추는 가만히 고개를 끄덕였다.

그때였다.

"낙양에서 쪽지가 왔습니다."

방장실 밖에서 조심스러운 목소리가 들려왔다.

"가지고 오너라."

방문이 열리고 환한 햇빛이 들어왔다.

어느새 날은 훌쩍 밝아 있었다. 구름 한 점 없는 청명한 하늘이 내다보이는 가운데, 중년의 중 한 명이 조심스레 방장실로 들어와 인사를 한 다음, 여러 번 접혀 있는 쪽지를 도파파에게 건네주었다.

"수고했네."

중은 도파파의 말을 들으며 그대로 물러나 다시 방문을

닿았다. 그 행동 하나하나에는 그가 도파파를 존경하고 우러러보는 마음이 고스란히 담겨 있었다.

도파파는 쪽지를 활짝 폈다. 깨알같이 작은 글자와 문양이 그 조그만 쪽지 가득 적혀 있었다. 역시 일반 글자가 아닌, 아주 오래된 상형 문자와 같은 모양의 글자들이었다.

"흐음. 다행히 금세 찾아낼 수 있었구려."

도파파는 쪽지를 읽어 내리며 말했다.

"오룡객잔 주변을 탐문하던 와중에 화군악 일행이 그곳에서 나오는 모습을 목격했다고 하오. 그리고 얼마 지나지 않아서 묘령의 여인과 대화를 나누고 그녀를 따라 낙안호동(洛安胡同)으로 들어섰다고 하오. 여기까지요, 전갈은."

거기까지 말한 도파파의 얼굴이 살짝 일그러졌다.

"흐음. 낙안호동, 그 골목길은 미로와도 같아서 그곳에 사는 사람들조차 자칫 길을 잃고 헤매는 경우가 있는데…… 제대로 그 뒤를 쫓을 수 있을지 모르겠구려."

"그럼 바로 가겠습니다."

장예추가 말하자마자 담우천이 자리에서 벌떡 일어났다.

그러자 도파파는 당황하여 말했다.

"아니, 낙안호동이 어디 있는지 알고 가시려는 게요?"

일순 장예추는 물론 담우천도 살짝 당황한 표정을 지었

다. 생각해 보니 낙안호동이 낙양 어디쯤 붙어 있는 골목가인지 전혀 알지 못하고 있었다.

"가만있으시구려. 비록 수다쟁이에다가 버릇은 없지만 낙양 지리에 훤한 아이가 있으니, 그 녀석을 앞장세워 가시면 되겠구려."

일순 장예추는 저도 모르게 한숨을 내쉬었다. 그걸 본 도파파가 웃으며 말했다.

"그래도 천성은 착한 아이라오. 단지 낙양 지부가 궤멸당한 까닭에 저리 심통을 부리는 것뿐이오."

"알겠습니다. 그럼 그녀를 불러 주시죠."

장예추의 말에 도파파가 왕군려를 불렀다.

이야기를 들은 왕군려는 장예추와 담우천을 돌아보며 물었다.

"제 뒤를 놓치지 않고 쫓아오실 수 있겠어요?"

장예추는 쓴웃음을 지으며 고개를 끄덕였다.

"물론이오."

"좋아요. 그럼 가죠. 만에 하나 저를 놓치신다고 하더라도 기다려 드리지는 않을 테니까 꼭 붙어서 따라오세요."

장예추는 저도 모르게 도파파를 돌아보았다. 도파파가 난감한 듯 미소 지으며 고개를 끄덕였다. 장예추는 한숨을 쉬며 말했다.

"그리할 테니 얼른 갑시다."

"좋아요, 그럼."

왕군려는 방장실을 빠져나갔다.

그러고는 담우천과 장예추에게 아무런 말도 하지 않은 채 곧장 경공술을 펼치며 경내의 담을 훌쩍 뛰어넘었다. 확실히 순찰당주라는 직책이 부끄럽지 않을 정도로 날렵하고 신속한 경공술이었다.

하지만 그 정도 경공술로 담우천과 장예추를 따돌릴 수는 없었다. 왕군려는 불과 제룡사 외곽 담장을 뛰어넘을 때 그들에게 뒤를 따라잡혔다.

'오호! 역시 무림오적이라 이건가?'

왕군려는 내심 호승심(好勝心)이 일었는지, 아니면 평소 무림오적에 대한 반감(反感)이 있었는지 더욱 속력을 내며 도망치듯 질주했다.

그러나 장예추와 담우천은 전혀 뒤처지지 않았다. 그들은 전력으로 질주하는 왕군려의 경공술을 아무렇지도 않게 따라붙었다.

외려 왕군려의 얼굴에 식은땀이 흐를 즈음, 어느새 그들은 낙양 북쪽에 위치한 낙안호동 입구에 당도해 있었다.

"이쪽입니다."

골목 입구에서 한 소년이 왕군려를 불렀다. 가까이 가

서 보니 소년인 줄 알았던 자는 왜소한 체구의 난쟁이였다. 난쟁이는 빠른 말투로 왕군려에게 상황을 설명했다.
"호동으로 들어서면 안내하는 홍사(紅絲)가 있을 겁니다. 그걸 따라가면 됩니다."
"수고하셨어요. 이제 돌아가셔도 됩니다. 행여 오룡 패거리와 마주치지 않도록 조심하고요."
왕군려가 난쟁이의 어깨를 다독이며 부드럽고 다정한 목소리로 말했다.
장예추는 속으로 휘파람을 불었다.
'호오. 저렇게 다정하게 미소를 지을 줄도 아는군그래.'
장예추가 그런 생각을 할 때 왕군려가 고개를 돌려 장예추를 보며 싸늘하게 말했다.
"자, 들어가죠."
그렇게 말한 왕군려는 장예추의 대답도 기다리지 않은 채 곧바로 호동 안으로 들어갔다.
호동(胡同)은 좁은 길, 곧 골목을 뜻하는 말로 각 지역에 따라 리롱(里弄), 항(巷)이라는 단어를 사용하기도 한다. 가령 소주(蘇州)에서는 호동 대신 항롱(巷弄)이라고 부르기도 한다.
호동은 크게 사호동(死胡同)과 활호동(活胡同)으로 나뉜다. 입구는 있는데 출구는 없이 사방이 꽉 막힌 골목을 사호동이라고 하며, 여러 입구와 출구를 가진 골목을 활호동이라 하였다.

이곳 낙안호동은 활호동이었는데, 빠져나가는 출구가 많은 만큼 그 호동 속이 복잡하고 어지러워 동서남북 방향을 가늠할 수가 없었다.

하지만 낙안호동 안으로 뛰어든 왕군려는 한 치의 머뭇거림이나 망설임 없이 계속해서 골목을 달려 나갔다.

그녀가 세 갈래로 갈라지는 모퉁이 앞에서도 거침없이 방향을 잡고 오른쪽으로 혹은 왼쪽으로 달릴 수 있던 이유는 한 가지였다.

바로 갈림길과 모퉁이마다 붉은 실이 걸려 있어서, 왕군려는 그걸 표식 삼아 달려가고 있는 것이었다.

그렇게 얼마나 골목 안을 헤집고 달렸을까. 이윽고 왕군려가 경공술을 멈추고 걷기 시작했다.

겨우 사람 한 명 지나다닐 수 있을 정도로 비좁은 골목이었다. 왕군려를 선두로 장예추, 담우천이 일렬로 서서 천천히 골목을 따라 걸어갔다.

왕군려의 뒤를 따르던 장예추는 문득 눈살을 찌푸렸다. 이미 그녀의 전신은 땀에 흠뻑 젖어 있었다. 옷에 찰싹 달라붙은 그녀의 탐스러운 엉덩이가 유난히 도드라져 보였다.

그때였다. 골목 저 안쪽에 앉아서 햇볕을 쬐고 있던 한 중늙은이가 왕군려를 향해 고갯짓하며 맞은편의 조그만 가게를 가리켰다. 아마도 낙양 지부의 생존자 중 한 명인 모양이었다.

놀랍게도 그 중늙은이의 두 발은 무릎부터 보이지 않는 것이 오래전에 잘려 나간 모양이었는데, 그런 상태로 이곳까지 화군악 일행의 뒤를 따라왔던 것이었다.

10장.
나다

담우천은 가볍게 어깨를 비틀어
그 지풍의 공격을 피하며 입을 열었다.
"나다."
일순 움찔하는 기척이 느껴지는 동시에
철문 안쪽에서 사람들이 소리쳤다.

나다

1. 별거 아닙니다

 왕군려는 고개를 끄덕인 후 중늙은이에게로 다가갔다. 그들이 잠시 대화를 나누는 동안 담우천과 장예추는 조금 떨어진 곳에서 가만히 지켜보고 있었다.
 이윽고 왕군려가 돌아왔다.
 "저 소포자(小鋪子)로 들어갔다네요."
 왕군려의 말이 끝나기도 전에 담우천이 성큼성큼 앞으로 걸어 나갔다.
 "잠깐만요!"
 왕군려가 당황하여 황급히 그 뒤를 따라붙으며 말을 이어 나갔다.

"들어간 지 이각은 족히 넘었대요. 그동안 호동 곳곳에서 몇 번이나 호각 소리가 들려왔는데 사람의 모습은 보이지 않는 것이, 아무래도 뭔가 술수를 꾸미는 것 같다고 해요."

"상관없소."

담우천은 소포자 앞에서 걸음을 멈추며 말했다.

철창과 철문으로 굳게 닫혀 있는 가게였다. 아무리 도둑과 강도가 두렵다지만 이런 골목길 안쪽에서 장사하는 조그마한 소포자치고는 상당히 엄중한 경비였다.

담우천은 창살로 가려진 조그만 창구를 통해 소포자 안을 들여다보았다.

아무도 보이지 않았다. 인기척도 없었다.

담우천은 다시 문 앞으로 걸음을 옮겼다. 그러고는 철문의 두께를 가늠한 후 거궐을 꺼내 들었다.

한 번 호흡을 크게 들이마시는 순간 그의 거궐이 허공을 갈랐다. 쩌엉! 하는 소리가 울려 퍼지면서 두꺼운 철문이 마치 종잇장처럼 사선으로 갈라졌다.

"와아!"

왕군려는 저도 모르게 감탄했다.

담우천은 다시 거궐을 크게 휘둘렀다. 세 푼 두께의 철문은 담우천이 거궐을 휘두를 때마다 찢어지고 갈라져서 그 형체조차 알아보기 힘들게 변했다.

왕군려는 물론, 골목 저편에 앉아 있던 중늙은이 또한

눈이 휘둥그레진 채 그 광경을 지켜보고 있었다.

담우천은 형체를 분간할 수 없게 된 철문 안으로 걸어 들어갔다. 좁은 공간은 온갖 자재들로 가득 채워져 있었다.

담우천은 거침없이 안쪽으로 들어가 방문을 열었다. 역시 좁고 누추하며 허름한 방이었다. 제대로 된 가구라고는 침상과 벽장뿐이었다.

잠시 방 안을 둘러본 담우천이 막 그 안으로 걸음을 옮기려 할 때였다.

"큭!"

가게 밖에서 느닷없이 들려온 미약한 심음이 그의 발길을 잡았다.

담우천이 고개를 돌렸다. 크게 뚫린 철문 밖에서 장예추와 왕군려를 둘러싼 다섯 명의 괴한이 차례로 쓰러지는 광경이 그의 시야에 들어왔다.

"무슨 일인가?"

담우천이 물었다.

"별거 아닙니다."

장예추는 마지막 남은 자를 단칼에 가르며 말했다.

"이 소포자를 경비하던 무리인 모양입니다."

바로 그때였다.

삐익!

중늙은이가 여러 차례 들었다던 예의 그 호각 소리가

가까운 거리에서 날카롭게 들려왔다. 은밀한 곳에서 동료들이 추풍낙엽처럼 쓰러지는 광경을 본 자가 원군을 부른 것이었다.

장예추는 피와 기름이 뚝뚝 떨어지는 검을 움켜쥐며 주위를 둘러보았다. 빠르게 이 소포자를 향해 달려오는 기척들이 사방에서 느껴졌다.

'스무 명 안팎이군.'

장예추는 천조감응진력으로 그 기척의 개수를 확인했다.

"다 죽이지는 마라."

담우천이 가게 안에서 그렇게 말했다. 장예추는 고개를 끄덕였다.

"안 그래도 몇 명은 살려 둘 작정이었습니다."

"좋아. 그럼 나는 계속해서 방 안을 뒤져 보겠네."

"알겠습니다."

장예추 곁에서 멍하니 선 채 그들의 대화를 듣고 있던 왕군려의 얼굴은 새파랗게 질렸다.

사실 왕군려는 조금 전 여섯 명의 괴한이 느닷없이 골목 안에서, 지붕 위에서 달려 나오고 날아들었을 때, 그 어떤 기척이나 낌새조차 느끼지 못하고 있었다.

즉, 놈들이 나타나 검과 칼을 휘두르기도 전에 장예추가 검을 빼 들고 놈들을 해치우지 않았더라면 왕군려는 아무것도 모른 채 놈들의 기습에 목숨을 잃을 뻔했던 것이었다.

그것만으로도 충격적이었는데, 장예추와 담우천이 나누는 대화는 더욱 그녀의 기를 질리게 만들었다.

날카로운 호각 소리 이후 어느새 이 비좁은 골목을 가득 메우고 주변 집들의 지붕 위에 우뚝 선 자들의 수는 대략 이십여 명이나 되었다.

하나같이 살기 등등한 눈빛으로 장예추와 왕군려를 노려보고 있었는데, 그 기척이나 몸놀림, 자세를 보건대 분명 오룡객잔 고 지배인의 수하 중에서도 상당히 무위가 뛰어난 고수들이 분명했다.

그런데도 장예추는 전혀 두려워하거나 당황해하지 않았다. 장예추는 언제든 놈들을 몰살시킬 자신과 힘이 있는 것처럼 말하고 행동했다.

또한 담우천 역시 그런 장예추의 자신감에 의혹을 품거나 토를 달지 않았다.

스무 명이 넘는 적을 상대로도 이기는 건 너무나도 당연해서 굳이 입 밖으로 꺼내는 것조차 촌스럽고 무례한 일이라고 생각하는 듯, 두 사람은 아주 평범하고 담담하게 대화를 나눴다.

그리고 그 대화가 끝났을 때, 장예추는 가장 가까운 곳에 서 있는 자를 향해 거침없이 몸을 날렸다. 순간적으로 삼사 장 거리가 팔 하나 거리로 좁혀졌다.

느닷없이 접근한 장예추를 보고 놀란 자가 칼을 휘두르려고 높이 들었을 때, 이미 그의 목젖에서는 피가 콸콸 흘러나오고 있었다.

장예추는 그의 어깨를 스치듯 전진하며 뒤쪽에 모여 있는 자들을 향해 다시 검을 휘둘렀다.

그의 검에서는 별다른 초식이나 투로(套路)가 펼쳐지지 않았다. 장예추는 그저 단순한 동작, 검을 쥘 줄 아는 사람이라면 누구나, 심지어 삼척동자(三尺童子)라도 펼칠 수 있는 찌르고 베고 긋는 기본 동작만 거듭해서 펼칠 뿐이었다.

하지만 골목길을 가득 메운 자들 중 누구 하나 장예추의 검을 막지 못했다.

재빨리 보법을 밟아서 피하려는 자는 그렇게 옆으로 움직이다가 목이 잘린 채 고꾸라졌다. 칼을 들어서 막으려고 했던 자는 미처 제대로 칼을 들기도 전에 심장이 찔린 채 나가떨어졌다.

그야말로 가을바람에 떨어지는 낙엽들처럼, 장예추가 불과 세 걸음 움직이는 동안 예닐곱 명의 사내가 제대로 된 저항 한 번 하지 못한 채 절명했다.

"뭐, 뭐냐?"

그 믿을 수 없을 정도로 압도적인 무위를 본 놈들의 입에서 놀란 목소리가 떠듬떠듬 흘러나왔다.

하지만 그들은 그렇게 마냥 놀라고만 있을 수가 없었다.

한쪽 골목길을 가득 메웠던 사내들이 모두 쓰러진 순간, 장예추는 곧바로 지면을 밟고 허공 높이 솟구쳤다. 순식간에 주변 지붕 높이까지 튀어 오른 장예추는 한 바퀴 몸을 회전하면서 크게 검을 휘둘렀다.

파아앙!

날카로운 파공성과 함께 공간을 반으로 가르는 반월(半月)의 검기가 장예추의 검에서 뻗어 나와 사방팔방을 휩쓸었다.

투명해서 눈에 거의 보이지 않는 검기가 허공을 가르며 골목길 좌우 지붕 위에 서 있던 사내들의 목을 베고, 허리를 베고, 두 다리를 베며 사라졌다.

투투툭!

잘려 나간 것들이 힘없이 지붕 위로 떨어져 내렸다. 뒤이어 사내들의 몸통이 그대로 지붕을 굴러 골목 안쪽으로 추락하듯 떨어졌다.

장예추는 허공에 솟구친 채 검을 휘두른 후 지면으로 내려선다 싶은 순간, 이내 지면을 박차고 왕군려의 머리 위를 날아가 반대쪽 골목을 막고 서 있던 자들 앞에 우뚝 섰다.

대여섯 명 정도 되는 사내들의 얼굴은 처참할 정도로 일그러져 있었고, 무기를 쥔 손들이 하나같이 부들부들 떨고 있었다.

맨 뒤에 서 있던 자가 저도 모르게 몸을 돌려 도망치려

했다.

 순간 장예추가 손을 뻗었다. 그의 손목에서 얼음처럼 차가운 강환(罡環)이 둥실 떠오르는가 싶더니, 눈에 보이지 않을 정도의 빠른 속도로 날아갔다.

 스스슥, 소리와 함께 앞서 서 있던 세 명의 목이 잘리는가 싶더니 벌써 골목 모퉁이 앞까지 도망친 자가 그대로 앞으로 고꾸라졌다.

 호각 소리를 듣고 달려온 이십여 명의 괴한 중 이제 남은 건 오직 두 사람.

 장예추는 성큼 한 발을 내디뎠다. 일순 그는 순간이동이라도 한 듯 삼 장 밖 사내들의 옆에 우뚝 섰다.

 "괴, 괴물이다!"

 사내들이 놀라 소리치며 도망치려 했지만 때는 이미 늦었다. 그들 두 사람은 어느새 장예추의 점혈에 당한 채 전혀 꼼짝달싹할 수 없게 되었던 것이었다.

 장예추는 그들을 양손으로 불끈 들어 올려 소포자 앞으로 걸어왔다.

2. 무림오적의 담우천이라고 한다

 왕군려는 숨 쉬는 것도 잊은 채 채 그 광경을 지켜보고 있다가 크게 한숨처럼 격한 숨을 토해 냈다.

장예추가 이십여 명의 고수를 해치우는 데 필요했던 걸음은 불과 네 걸음이었다. 시간으로 따지자면 겨우 다섯을 헤아리기도 전의 일이었다.

'이게 무림오적이라는 건가?'

왕군려는 지금까지 자신이 함부로 말하고 대했던 상대가 어떤 자들인지 이제야 실감할 수 있었다.

그녀는 부끄럽게도 장예추가 휘두르는 검의 움직임을 단 한 번도 제대로 볼 수가 없었다. 또한 검기와 강환 모두 그녀의 시야에 들어온 적이 없었다.

그러니 왕군려가 보기에는 장예추가 허공에서 검을 후리자 적의 수급(首級)이 베어졌고, 도주하는 적을 향해 손을 내뻗자 그 앞선 자들부터 시작하여 줄줄이 목이 잘린 채 고꾸라졌을 따름이었다.

마치 눈속임이나 환영(幻影)이나 착각처럼.

하지만 그것은 착각도, 환영도 아니었다.

장예추가 사로잡은 두 사내를 제외한 고수들은 이미 신체가 절단된 채 모두 목숨을 잃었으며, 그들이 흘린 피로 골목길 전체가 피 웅덩이로 변했으니까.

장예추는 사로잡은 두 사내를 땅에 내려놓으며 왕군려에게 말했다.

"가게 안으로 들어가 있는 게 나을 것 같소."

"왜, 왜요?"

왕군려는 당황하며 물었다. 장예추는 표정의 변화 없이 대꾸했다.

"지금부터 잔인한 장면을 보게 될 테니까."

"자, 잔인한 광경은 이미 추, 충분히 봤어요. 그러니까 여기 나, 남아 있을래요."

왕군려는 떨리는 목소리에 억지로 힘을 주며 전혀 놀라거나 당황하거나 겁먹지 않았다는 듯이 말하려고 했다.

"마음대로 하구려."

그렇게 대꾸한 장예추는 곧 쪼그려 앉으며 두 사내를 향해 말했다.

"두 가지만 먼저 말하지."

마혈이 제압당한 사내들은 공포에 질린 눈빛으로 장예추를 올려다보았다.

하지만 그중 한 사내가 용기를 내어 이를 갈며 말했다.

"죽여라."

장예추는 그의 말이 들리지 않는다는 듯이 제 할 말을 이어 나갔다.

"하나는, 묻는 말에 제대로 대답하지 않으면 꽤 아플 거라는 거다."

사내들의 눈빛이 크게 흔들렸다. 장예추는 그런 사내들을 내려다보며 냉정하고 차가운 어조로 말을 이었다.

"그리고 또 하나는, 그나마 내게 말하는 게 백배 나을 거라는 사실이다. 저 안에 있는 형님이 나오시기 전에. 무슨 말인지 이해하지?"

사내들은 데굴데굴 눈동자를 굴렸다.

일순 장예추의 손이 움직였다.

"크윽!"

"컥!"

동시에 두 사내의 입에서 격렬한 신음과 비명이 터져 나왔다.

지켜보던 왕군려가 깜짝 놀라며 뒷걸음질 쳤다. 어느새 사내들의 엄지손가락의 마디 하나가 잘린 채 피를 철철 흘리고 있었다.

"내 말에 대답하지 않으면 아플 거라고 했잖아. 뭐, 손가락 마디는 아직 많이 남아 있으니까 대답하기 싫으면 하지 않아도 상관은 없다."

장예추는 서늘한 목소리로 물었다.

"너희들은 오룡객잔 공 지배인의 수하인가?"

두 사내가 서로 눈치를 보며 대답하지 않았다. 이번에도 역시 장예추의 손이 보이지 않을 속도로 빠르게 움직였다.

"아악!"

"악!"

조금 전보다 더 큰 비명이 두 사내의 입에서 쏟아졌다.

언제 잘렸을까. 어느새 사내들의 귀 하나가 잘려 나간 채 바닥에 떨어져 있었다.

'지, 지독한 사람이네.'

왕군려는 장예추의 그 잔인하고 악랄하며 거침없는 고문에 놀라 다시 뒷걸음질 치다가 하마터면 막 가게에서 나온 담우천과 부딪칠 뻔했다.

"조심하게."

담우천은 그녀를 가볍게 붙잡아 준 후 성큼성큼 장예추에게로 걸어갔다. 그 기척을 느꼈는지 장예추가 그를 돌아보며 물었다.

"찾으셨습니까?"

"찾았네."

담우천은 두 사내 앞에서 걸음을 멈추며 말했다.

"아주 조그만 철문이 하나 있더군. 기척을 살펴보니 그 철문 안쪽으로 아주 희미하게나마 네 명의 기척이 느껴지더군. 아무래도 지금 그들은 철문 입구에서 상당히 멀리 떨어져 있는 모양이야."

장예추가 고개를 끄덕이며 말했다.

"네 명의 기척이라면 역시 군악과 만해 사부, 담호와 소자양이겠군요."

"아마 그럴 것이네."

"그런데 왜 그냥 돌아오셨어요?"

어느새 그들 근처로 다가온 왕군려가 도저히 이해되지 않는다는 표정을 지으며 물었다.

"철문을 열고 그들을 데리고 나오면 되잖아요?"

"그럴 수가 없었다."

담우천은 무뚝뚝하게 말했다.

"우선 철문은 굳게 잠겨 있어서 쉽게 열 수가 없었다."

왕군려가 고개를 갸웃거리며 물었다.

"조금 전 소포자의 철문처럼 구멍을 내면 되지 않나요?"

"그렇게 하려면 상당한 소음이 날 게 분명하니까. 지금 군악들이 정확하게 어떤 상황에 처했는지 모르는 입장에서 함부로 소리를 낼 수는 없지 않겠나?"

"으음. 그러니까 철문 부수는 소리를 냈다가 괜히 상대를 경각시키고, 그로 인해서 화 공자 일행을 더 큰 위험에 빠뜨릴지도 모른다는 거네요."

"그렇지. 그래서 밖으로 나온 게다. 들어가는 입구가 있으면 나오는 출구도 있을 테니까. 그리고 마침 이곳에 그 출구에 관해서 이야기해 줄 사람들이 있으니까."

담우천은 그렇게 말하며 힐끗 두 사내를 내려다보았다. 한쪽 귀와 손가락 마디가 잘린 채 피를 뚝뚝 흘리고 있는 사내들은 공포와 겁에 질린 표정을 애써 감추려는 듯 이를 악물고 있었다.

'이자가 조금 전에 말했던 그 무시무시하다는 형님인가?'

사내들은 담우천의 무심한 표정을 쳐다보며 저도 모르게 부르르 몸을 떨었다.

"죄송합니다, 담 형님."

장예추가 문득 담우천에게 사과했다.

"아직 이자들에게서 아무런 정보도 얻지 못했습니다."

"아직 고문 실력이 부족해서 그런 걸세."

담우천은 고개를 끄덕이며 말했다.

"제대로 된 고문이 어떤 건지, 이참에 보고 배우게나."

담우천은 그렇게 말하며 사내를 향해 손을 뻗었다. 그리고 뺨을 꼬집듯이 움켜쥐고는 그대로 힘껏 잡아당겼다.

"아아아악!"

사내의 입에서 더할 수 없을 정도로 격한 비명이 터져 나왔다. 조금 전 장예추가 고문했을 때의 비명이나 신음과는 그 차원이 다른 비명이었다.

담우천은 반쯤 찢어진 사내의 얼굴 가죽을 들고 사내의 눈앞에서 가볍게 흔들어 보이며 말했다.

"벗길 곳은 많다. 하지만 둘 중 한 명이라도 사실대로 말한다면, 더는 벗기지 않고 돌려보내 주마."

"미, 믿을 수 없다!"

동료의 반쯤 피부가 벗겨 나간 얼굴에 놀라고 겁에 질린 사내가 미친 듯이 바락바락 악을 쓰며 소리쳤다.

"우리를 살려 준다는 보장이 어디 있느냐?"

담우천은 침착하게 말했다.

"나는 무림오적의 담우천이라고 한다."

일순 사내들의 눈빛이 크게 흔들렸다. 담우천은 계속해서 말을 이어 나갔다.

"살려 주면 가서 종리군에게 내 말을 전해라. 네 녀석은 반드시 내가 죽이겠다고 말이다."

사내들의 안색이 한없이 창백해졌다.

3. 고문은 이렇게

그 자리에 우뚝 선 채로 살짝 정신을 잃은 것 같았다.

아마 담우천이 다짜고짜 무지막지한 손놀림으로 사내의 얼굴 가죽을 뜯어 벗길 때 저도 모르게 정신을 잃은 듯했다. 그 후의 기억이 명료하지 않은 걸 보면 확실히 그때였던 것 같았다.

왕군려가 뒤늦게 퍼뜩 정신을 차리고 보니 이미 모든 상황이 종료된 후였다.

이미 두 사내는 골목길을 벗어난 듯 보이지 않았으며, 담우천 역시 어디론가 사라진 후였다. 오직 장예추만이 홀로 남아서 왕군려를 가만히 바라보고 있었다.

"정신 차리셨소?"

장예추는 왕군려를 보며 물었다. 왕군려의 볼이 빨갛게 물었다. 그런 모습을 보이기 싫었는지 그녀는 고개를 한쪽으로 돌리며 새침하게 말했다.

"언제 제가 정신을 잃었다고 그런 말씀을 하세요?"

"그렇소? 내가 잘못 본 모양이구려. 어쨌든 그럼 됐소."

장예추는 그녀의 곁을 지나 소포자로 발길을 옮겼다.

그렇게 장예추가 자신을 버리고 걸어나가자, 왕군려의 가슴 한쪽이 갑자기 무너지는 것 같았다. 무너진 가슴으로 쓸쓸한 바람이 밀려들었다.

왜인지는 그녀도 알지 못했다. 또 그게 무슨 감정인지 역시 알 수가 없었다.

왕군려는 입술을 잘강잘강 깨물다가 빠르게 몸을 돌려 장예추를 따라잡으며 말했다.

"그래요. 잠시 정신을 잃었어요. 워낙 뜻밖의, 충격적인 광경을 보는 바람에 기억이 날아갔어요. 미안해요, 거짓말을 해서."

사과하는 것치고는 왠지 뾰로통한 어조였다.

장예추는 가게로 들어서며 무심하게 대꾸했다.

"괜찮소. 애초에 거짓말하는 줄 알고 있었으니까."

"그, 그런가요? 그래요. 좋아요. 상관없다니까, 저도 괜히 사과했네요. 뭐, 어쨌든……."

왕군려는 살짝 당황한 듯 횡설수설하다가 겨우 정신을 차리고 말을 이어 나갔다.

"제가 잠시 정신을 잃은 동안 무슨 일이 벌어진 거죠? 놈들은 풀어 준 건가요? 풀어 줬다면 그들에게 제대로 된 대답을 들었다는 뜻일 텐데…… 그럼 지금 담 대협은 그 '출구'라는 곳으로 가신 건가요?"

그녀의 질문이 쉬지 않고 이어졌다.

가게 안으로 들어선 장예추는 다시 방 안으로 이동하며 짧게 대꾸했다.

"왕 당주의 추측이 모두 맞소. 딱 그대로요."

좁은 방 안에는 침상과 벽장 하나가 전부였는데, 모두 제자리에서 이탈한 채 아무렇게나 쓰러져 있었다. 담우천의 짓이 분명했다.

원래 벽장이 놓여 있었던 듯한 자리에는 확실히 조그마한 철문이 있었다. 가게의 철문과는 비교가 되지 않을 정도로 두꺼운 철문이었다.

'그러니까 담 대협은 저 철문까지 부술 수 있다고 한 거였어?'

왕군려는 기가 질린 표정을 지으며 저도 모르게 한숨을 내쉬었다.

겪으면 겪을수록 이 무림오적이라는 사내들이 얼마나 고강한 무위를 지녔는지 알 수 있었고, 또 사람의 머리로는 절대 그 고하(高下)를 가늠할 수 없는 괴물이라는 사실도 알게 되었다.

"그런데 왜 장 공자께서는 이곳에 남으신 건가요?"

왕군려가 고개를 갸웃거리며 묻자, 장예추는 별일 아니라는 듯이 대답했다.

"어찌 정신을 잃은 처자를 홀로 놔둘 수 있겠소?"

"아…… 그럼 저 때문인가요?"

왕군려의 얼굴이 다시 홍시처럼 붉어졌다. 무의식적으로 그녀의 몸이 비비 꼬이기 시작했다. 그녀의 탱탱한 가슴이 콩닥콩닥 뛰고 있었다.

* * *

담우천은 북쪽으로 다섯 채의 지붕을 단숨에 뛰어넘은 후, 천조감응진력을 한껏 끌어올리면서 지붕 아래의 기척을 확인했다.

'놈들의 말이 맞다면 반드시 이곳에서 두 명의 기척을 느낄 수 있어야 한다.'

내심 그렇게 중얼거린 담우천은 최대한 청각을 끌어올리며 생각에 잠겼다.

몸 곳곳의 피부가 처참하게 뜯겨 나가고 살점과 근육이

움푹 후벼 파이고 신경이 끊어진 채로 사내들은 담우천이 미처 물어보지 않은 것까지 앞다퉈 말했다.
"공 지배인의 밑에는 열두 명의 귀(鬼)와 백팔 명의 랑(狼)이 있습니다."
"우, 우리는 백팔혈랑(百八血狼)으로, 백팔 명 중 스물일곱 명이 이곳의 경비를 맡고 있었습니다. 그중에서 우리 둘만 살아남았으니, 이제 이곳에 남아 있는 경비는 단 한 명도 없습니다."
"부, 북쪽으로 여섯 번째 집입니다. 그곳에 출구가 있고, 도파파와 왕군려로 변장한 두 명의 여인이 있습니다."
"도파파로 변장한 여인은 천면호귀(千面虎鬼)이며, 왕군려로 변장한 여인은 천면호귀의 오른팔이라고 할 수 있는 흡정호랑(吸精狐狼)입니다."
모든 사실을 토해 내듯 이야기한 사내들은 애절한 눈빛으로 담우천을 쳐다보며 구걸하듯 빌었다.
"아는 건 모두 말씀드렸습니다. 약속대로 살려 주지 않으셔도 되니, 제발 이대로 죽여 주십시오."
도대체 어떤 고문을 당한 것이었을까.
사내들은 평온히 죽는 게 소원이라는 듯한 표정을 지은 채 그렇게 담우천에게 빌고 또 빌었다.
하지만 담우천은 그들을 죽이지 않았다.
"약속했으니까."

담우천은 그들을 풀어 주며 말했다.
"살려줄 터이니 종리군에게 반드시 내 말을 전하도록 하라."
사내들은 도저히 믿지 못하겠다는 듯한 눈빛으로 담우천을 쳐다보다가 이내 엉금엉금 기어서 골목길을 빠져나갔다.
그리고 담우천은 곧바로 지면을 박차고 허공을 날아 이곳, 천면호귀와 흡정호랑이 숨어 있는 집의 지붕 위에 내려선 것이었다.

'천면호귀라……'
담우천은 내심 중얼거렸다.
흡정호랑이라는 별호는 처음 들어 봤지만 천면호귀는 익히 들어 알고 있는 별호였다.
천 개의 얼굴을 가진 듯한 변신술(變身術)과 역용술로 유명했던, 그리고 상대의 방심과 허점을 노려 암습하는 데 탁월한 능력을 지녔던 살수가 바로 그녀였다.
따로 살수 조직에 속하지 않은 채 평생 강호를 독행(獨行)하던 그녀가 이제 와 공 지배인, 아니 종리군의 밑으로 들어간 건 사실 의외의 일이긴 했다.
'그만큼 종리군이 대단하다는 거겠지.'
담우천은 지금껏 말로만 들었지, 단 한 번도 만나 본

적이 없는 종리군의 얼굴을 상상하며 다시 지붕 아래쪽 상황에 집중했다.

어느 순간 확실히 들렸다. 두 명의 여인이 나지막하게 나누는 대화가, 담우천의 천조감응진력으로 증폭된 청각에 잡히기 시작했다.

마침 두 여인은 어느 한 사내의 음탕함에 관해서 이야기하고, 또 그 사내의 무식함과 무지(無知)함을 비웃고 있었다.

'군악 이야기로구나.'

담우천은 전후 사정을 제대로 모르는 상황에서도 그들 두 여인이 누구를 비웃는지 충분히 알 것 같았다.

'계집 문제만 아니면 더 큰 성장을 할 수 있을 텐데.'

그런 생각을 하면서 잠시 상황을 엿듣던 담우천은 지금 바로 지붕 아래에 오직 두 여인만 있다는 사실을 확인했다.

즉, 그건 지금 지붕을 뚫고 내려가도 저들이 화군악 일행을 죽이거나 혹은 그들의 목숨으로 담우천을 위협할 수 없다는 뜻이었다.

거기까지 생각이 미친 담우천은 곧장 지붕을 발로 내리쳤다.

우지끈!

지붕에 구멍이 뚫리고 흙먼지가 방 안을 가득 뒤덮을 때, 담우천은 곧장 그 구멍 아래로 뛰어들었다.

"누구냐!"

여인의 날카로운 목소리가 후두둑! 떨어지는 지붕의 잔해 속에서 터져 나오는 순간, 담우천의 거궐이 흙먼지 사이를 꿰뚫고 일직선으로 뻗어 나갔다.

"큭!"

비명 한 점이 흙먼지 저편에서 터져 나왔다.

후다닥!

도주하는 기척이 들린다 싶은 순간 담우천은 크게 몸을 회전하며 다시 거궐을 앞으로 찔러 갔다.

"으윽."

짧은 신음이 거궐의 끝자락에서 묻어 나왔다. 담우천은 다시 자세를 바로잡으며 거궐을 회수했다. 검신을 따라 붉은 피가 흐르고 있었다.

흙먼지가 가라앉고 차츰 주위의 사물이 시야에 들어왔다. 날카로운 눈빛으로 방 안을 쓸어 보던 담우천의 시선에 문득 소포자에서 보았던 바로 그 조그마한 철문이 들어왔다.

담우천은 천면호귀와 흡정호랑의 생사는 확인조차 하지 않은 채 성큼성큼 걸어가서 걸쇠를 풀고 철문을 열었다.

철컹! 하는 소리와 함께 철문이 열렸다. 순간 철문 안쪽에서 한없이 날카롭고 빠른 지풍이 쏟아졌다.

담우천은 가볍게 어깨를 비틀어 그 지풍의 공격을 피하며 입을 열었다.
"나다."
 일순 움찔하는 기척이 느껴지는 동시에 철문 안쪽에서 사람들이 소리쳤다.
"담 형님!"
"아버님!"
"담 장주!"

(무림오적 65권에서 계속)

환상이 숨쉬는 공간 파피루슨 blog.naver.com/gnpdl7

샤이나크 현대판타지 장편소설

빌어먹을 아이돌

닳고 닳아 버린 뮤지션, 한시온
그는 절망했다

[피지컬 앨범 2억 장 판매]
[미션에 실패했습니다. 회귀합니다.]

최고의 재능을 모아도, 그래미 위너가 되어도
언제나처럼, 열아홉 살 그때로

무한한 세월, 끝도 없는 회귀
질식하기 전에 도망쳐야 한다

**여태껏 하기 싫었던
K-POP 아이돌이 되어서라도
그렇게 또다시, 열아홉이 되었다**

환상이 숨쉬는 공간 파피루스 blog.naver.com/gnpdl7

천마와 최후까지 맞섰던 살성(殺星), 남궁휘
하지만 그 결과는 일방적인 패배였다

'내 몸이 정상이기만 했어도…….'

그 간절한 염원이 하늘에 닿은 것일까
이십 년 전으로 돌아온 남궁휘

'이번 생에서는 반드시 넘고 말겠다.'

천마의 무가 하늘에 닿았다면
그 하늘조차도 베어 버리겠다

그가 걷는 길마다 무림의 역사가 다시 쓰인다!

달필공자 신무협 장편소설

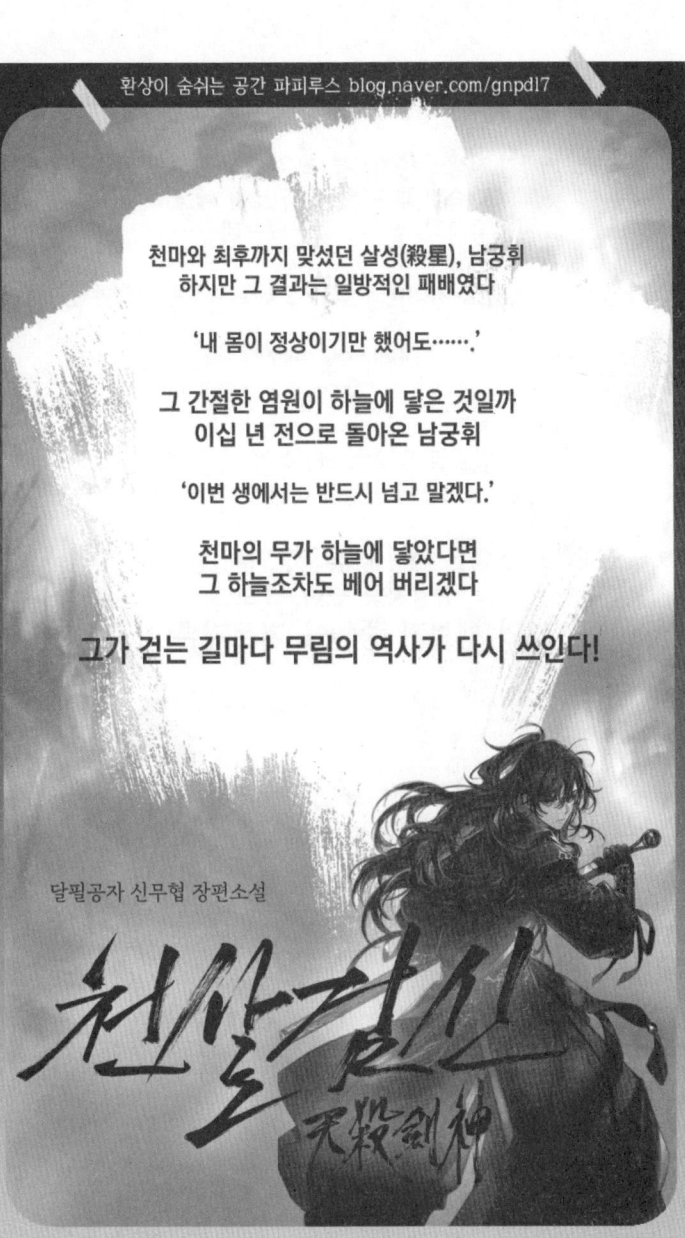

환상이 숨쉬는 공간 파피루스 blog.naver.com/gnpdl7

기나긴 전쟁의 종지부를 찍은 대장군 유군명
약속된 부귀영화를 뒤로한 채
유유자적, 집으로 돌아왔는데……

자신의 집에 있는 여자아이와 곰? 그렇게 시작된 기묘한 동거

"아찌, 먹을래?"
"꿈?"

순수함으로 무장한 하연이의 한 마디에
그들의 운명이 바뀌었다

전장에서 돌아온 대장군 유군명, 순진한 제자 하연
천방지축 판다, 소보
셋의 행보가 중원을 가로지른다!

은퇴한 대장군의 육아일기

쿤빠 신무협 장편소설